A ESTAFA DO ATOR

THOMAZ WOOD Jr.

A estafa do ator

O drama executivo no teatro corporativo

IDÉIAS & LETRAS

DIRETORES EDITORIAIS:
Carlos Silva
Ferdinando Mancílio

EDITORES:
Avelino Grassi
Roberto Girola

COORDENAÇÃO EDITORIAL:
Elizabeth dos Santos Reis

COPIDESQUE:
Leila Cristina Dinis Fernandes

REVISÃO:
Elizabeth dos Santos Reis

DIAGRAMAÇÃO:
Juliano de Sousa Cervelin

CAPA:
Márcio Mathídios

Nota: Os textos deste livro foram originalmente publicados na revista *CartaCapital*.

IDÉIAS & LETRAS

Editora Idéias & Letras
Rua Pe. Claro Monteiro, 342 – Centro
12570-000 Aparecida-SP
Tel. (12) 3104-2000 – Fax (12) 3104-2036
Televendas: 0800 16 00 04
vendas@ideiaseletras.com.br
http//www.redemptor.com.br

Dados Internacionais de Catalogação na Publicação (CIP)
(Câmara Brasileira do Livro, SP, Brasil)

Wood Junior, Thomaz
A estafa do ator : o drama executivo no teatro corporativo / Thomaz Wood Jr. – Aparecida, SP: Idéias & Letras, 2005. (Management, 2)

ISBN 85-98239-46-1

1. Corporações 2. Corporativismo 3. Empresas – Imagem 4. Executivos 5. Força de trabalho I. Título. II. Série.

05-5733   CDD-658.4

Índices para catálogo sistemático:

1. Corporativismo executivo: Administração de empresas 658.4

Este livro é dedicado a todos os atores do teatro corporativo, especialmente àqueles cansados de interpretar papéis improváveis e roteiros impossíveis.

Sumário

Prefácio – 9

PARTE 1
O ATOR E A DOR – 13
Emoções tóxicas – 15
Civilidade em baixa – 18
Reengenharia genética – 21
Ovelhas *new age* – 24
Sísifo no deserto – 27
Imperativo plural – 30
Criatividade embotada – 33

PARTE 2
BASTIDORES SOMBRIOS – 37
Porões corporativos – 39
Pequenos larápios – 42
Ética maquiada – 45
Efeitos da pílula Blair – 48

PARTE 3
ATORES DIGITAIS – 51
Poderes ocultos – 53
A vida no aquário – 56
A praga movediça – 59
Incontinência digital – 62

PARTE 4
O TEATRO CORPORATIVO – 65
Fetiche corporativo – 67
Cortina rasgada – 70
Falsos profetas – 73
Perdidos no deserto – 76
Espelho partido – 79
A carroça e os cavalos – 82
Dilemas da vida dupla – 85
Democracia corporativa – 88

PARTE 5
O TEATRO ACADÊMICO – 91
Decadência sem elegância – 93
Macdô: a revanche – 96
Ciência atrofiada – 99
Verão em Seattle – 102
Lado "B" – 105

PARTE 6
ALÉM DO PALCO – 109
Lógica encurralada – 111
Invasões bárbaras – 114
Pareto em Pindorama – 117
A praga de Liverpool – 121
Ouro de tolo – 124
Os estrangeiros – 127
Naufrágio exemplar – 130
Bach e Muzzarela – 133

Prefácio

Há 15 anos, durante um interlúdio parisiense, fui conduzido por uma trupe de levianos a um exótico programa de final de domingo: uma pizza dançante. Mesmo ciente de opções mais atraentes, segui resignado. O ambiente era escuro, quente, superlotado e barulhento. Às bebidas mal preparadas seguiram massas insossas. Então, para felicidade de meus convivas, as luzes se apagaram e o show começou. Por 10 minutos, que pareceram 60, os garçons e as garçonetes dançaram, cantaram e serpentearam pelos meandros cavernosos do lugar. Como diante de teatro de má qualidade, recolhi-me constrangido. Para meu alívio, os improvisados artistas logo deixaram a cena e a calma voltou a reinar.

Pouco tempo depois, em breve visita a um Club Med, questionei um grupo de GO's, os incansáveis animadores que perambulam pelas dependências do *resort*, sobre a ingrata tarefa de se manterem permanentemente felizes e saltitantes. Após um longo silêncio seguiu-se uma resposta desconjuntada, o que me fez deduzir que a pergunta não fazia sentido. Para meus interlocutores, aquele era um trabalho como qualquer outro. O que me parecia um suplício sem fim, para eles era algo absolutamente natural.

Passada uma década, o que era exceção virou regra. O crescimento do setor de serviços e a consciência de que o atendimento é um fator de diferenciação aumentaram a pressão sobre os profissionais da linha de frente. A tendência de perceber o trabalho como performance teatral consolidou-se. Significativamente, algumas empresas já usam técnicas de teatro para treinar seus funcionários de atendimento.

As performances, nas mais variadas versões, podem ser consideradas como "trabalho emocional". Elas envolvem condições nas quais os profissionais devem expressar emoções que sejam percebidas pelo cliente como sinais de amizade, consideração, apoio e felicidade. *Personal trainers*, por exemplo, dependem em grande medida de seu carisma e simpatia. De um bom profissional, espera-se que esteja 100% do tempo motivado, entusiasmado e com excelente bom humor. A amplitude de sua clientela varia de acordo com sua competência em dizer as coisas certas na hora certa. Vendedores, consultores e alguns profissionais de mídia vivem situações parecidas. Um mês em "inferno astral" pode significar clientes perdidos e negócios desfeitos. Se o profissional for autônomo, os riscos são ainda maiores.

Arlie Russell Hochschild, uma socióloga da Universidade da Califórnia, em Berkeley, autora do seminal *The Managed Heart* (The University of California Press, 1983), diferencia atuações superficiais e atuações profundas. No primeiro caso, trata-se do uso de pura técnica teatral, empregada em contextos nos quais os sentimentos interiores são preservados. No segundo caso, o profissional realmente sente o que está demonstrando, condição cada vez mais exigida pelas empresas. A lógica corporativa associa o trabalho emocional com a criação de uma percepção positiva dos serviços prestados. A "sinceridade" é essencial.

Controlar emoções é um exercício usual da vida familiar. Hochschild tem uma visão crítica sobre a transposição de nosso sistema privado de ajuste emocional para o mundo corporativo, com objetivos comerciais. A autora argumenta que o trabalho emocional cria uma dissonância entre o que o profissional sente e o que ele demonstra, ou deve demonstrar. Essa condição gera problemas psicológicos. Isso ocorre porque o profissional deve demonstrar emoções que não sente e reprimir emoções que sente. Dessa forma, ele pode ser progressivamente alienado de seus verdadeiros sentimentos e de seu verdadeiro *self*.

O argumento é forte e convincente. Porém, se levado ao limite, equivaleria a afirmar que todos os profissionais envolvidos em trabalhos emocionais sofreriam de distúrbios mentais, o que certamente é um exagero. A demonstração de emoções positivas genuínas em serviços médicos, em trabalhos de assistência social e mesmo em atividades mais prosaicas de assistência técnica ou de atendimento ao cliente facilita o contato e recompensa os envolvidos. Porém, quando uma parte considerável da força de trabalho, incluindo profissionais de índole mais introspectiva, é obrigada a realizar trabalho emocional ou performático 100% do tempo, então podemos estar a um passo do divã do analista.

"**A estafa do ator**", como outros volumes que o antecederam, foi escrito para o leitor de tempo escasso, porém voraz por conhecimento bem fundamentado e destilado. Os capítulos são curtos, porém não se abriu mão do dever e do prazer de exercer um olhar crítico sobre o mundo ao redor, especialmente o estranho mundo corporativo, o qual nos conduz e nos seduz, 24 horas por dia, 7 dias por semana.
Boa leitura!

Thomaz Wood Jr.

PARTE I
O ATOR E A DOR

PARTE I

Emoções tóxicas

Sem recorrer aos truques da literatura de auto-ajuda, pesquisador canadense alerta contra os efeitos destrutivos das emoções negativas no trabalho.

Peter J. Frost é professor de comportamento organizacional da Universidade British Columbia. Pesquisador sério e educador renomado, tem vasta obra publicada em revistas científicas. Seu último livro – *Toxic Emotions at Work* (Harvard Business School Press, 2003) – nasceu de um acontecimento dramático. Em 1997 foi informado por seu médico que sofria de câncer. A experiência limite que se seguiu o levou a refletir sobre as causas da moléstia. Sua veia de pesquisador o levou a Joan Borysenko, co-fundadora da Clínica Corpo e Mente da Escola de Medicina de Harvard. Foi Borysenko quem lhe revelou que emoções como raiva, tristeza e frustração representam toxinas para o corpo humano e podem deprimir o sistema imunológico.

A associação foi imediata: Frost vinha exercendo uma função administrativa importante durante um período especialmente difícil para sua instituição. Situações de pressão e crises faziam parte de seu dia-a-dia. Desta revelação para o livro o caminho foi natural. Como declara o autor, não foi difícil encontrar executivos e profissionais dispostos a falar da "toxidade" do trabalho.

Mudanças radicais como fusões, aquisições e processos de privatização geram tensões difíceis de tratar. O dia-a-dia em cenários de alta competitividade tem efeito similar. A burocracia ineficiente de um órgão público pode ser tão tóxica quanto a hiperatividade induzida de uma empresa privada. Dores emocionais fazem parte da vida organizacional. Elas minam a auto-estima e o comprometimento com o trabalho. Se não forem tratadas, podem alimentar um ciclo vicioso.

De certa forma todos os líderes geram, por suas ações, algum tipo de dor. Líderes conscientes reconhecem essa condição e agem preventivamente. Líderes de menor sensibilidade podem levar suas equipes a condições limite. Eles colocam em risco sua saúde, a de seus liderados e da empresa.

Presidentes e diretores são comumente tidos como vilões. Porém, dores emocionais não emanam apenas do topo. Funcionários malcomportados, gerentes neuróticos e clientes abusivos também podem "liberar toxinas". Num dos casos narrados no livro, o autor fala de um gerente que mantinha dois aquários em sua sala: em um deles, havia uma piranha; em outro, havia peixinhos dourados, escolhidos por seus liderados. Quando um de seus liderados fazia algo que o desagradava, o gerente solicitava à pessoa que pegasse seu peixinho dourado e alimentasse a piranha. Sutil, não?

Por outro lado, também é comum que executivos assumam o papel contrário: que se tornem tratadores de toxinas emocionais. Esses profissionais são sensíveis e capazes de desenvolver empatia pelas pessoas atingidas. Eles buscam compreender o contexto e resolver ou aliviar as condições que geram sofrimento. Para controlar a toxidade do ambiente, eles captam as mensagens vindas do sistema, lêem as entrelinhas e prevêem os impactos sobre as pessoas: geralmente reações de raiva, de frustração e de desmoralização. Então, agem como filtro. Escutar as dores de quem sofre é o começo. Intervir em situações, em práticas e em comportamentos pode ser complemento necessário.

E quando a fonte de problemas é seu próprio chefe? Se uma conversa franca e direta não resolve e você não pretende recorrer a pistoleiros de aluguel, então a solução pode ser mesmo atualizar o currículo e buscar paisagens mais amenas. Nesta situação, você não estará sozinho. É comum promover executivos com grandes competências técnicas e limitadas competências humanas. O resultado costuma ser desastroso. As limitações podem criar um monstro dissipador de toxinas. Se a autoconfiança for demasiada, ele sequer perceberá o estrago que causa, ou poderá "transferir a culpa" para a situação ou até mesmo para seus liderados.

Toxic Emotions at Work trata de temas típicos dos best-sellers de gestão, evitando as armadilhas do gênero. Não é pouca coisa, mas não é tudo. No mundinho corporativo, pelas mãos dos missionários da auto-ajuda, agora se cultuam "emoções de proveta". Em algumas empresas, a cultura do "gente é nosso maior ativo" segue como rolo compressor: a efetividade é exagerada, os símbolos viram objeto de mobilização e os indivíduos são levados à condição psíquica arcaica das hordas primitivas. Não são somente as emoções tóxicas que fazem estragos!

Civilidade em baixa

> Muitas organizações sofrem os impactos negativos da degeneração das relações interpessoais. Cultivar a cidadania e a civilidade pode reverter o quadro.

Maria odeia Pedro que odeia João que odeia todo o mundo. José odeia Paula que odeia Sílvia que vai ser demitida. Algumas organizações parecem depósitos de intrigas e maledicências. Os estilos, claro, variam. Nas empresas trogloditas vale a lei do maior cajado. Incomodado? "A porta da rua é serventia da casa". Nas empresas missionárias, todos partilham fervorosamente crenças e credos, e juram honrar a camisa até a aposentadoria. A portas fechadas, entretanto, há podridão de fazer inveja ao Reino da Dinamarca. As empresas dramáticas são um pouco diferentes, cheias de carinhos, risinhos, festinhas e mimos. Mas a diferença pára por aí, porque na calada da noite, destinos são decididos e carreiras destruídas.

Isoladas do mundo exterior, organizações operam com regras próprias. Para vencer na vida corporativa vale tudo: jogos de influência, puxadas de tapete e mesquinharias diversas. Muitas organizações tornam-se redes sociais neuróticas, funcionando em equilíbrio instável. Porém, quando embalam em uma espiral degenerativa, os resultados são sentidos por dentro e por fora. O clima organizacional é o primeiro a sofrer: gentilezas autênticas dão lugar a risos forçados, a agressividade avança e o ambiente vai tornando-se mais e mais pesado. Medo e cinismo tornam-se sentimentos dominantes. Com o tempo, conflitos explodem e mais e mais energia é ocupada para resolver desentendimentos. O efeito em cascata não demora a atingir o desempenho: a dificuldade para tomar decisões torna a organização mais lenta, e o ambiente pesado assusta fornecedores e afasta clientes. Em casos extremos, pequenos atritos transformam-se em agressões físicas e a degeneração das relações entre indivíduos e organização leva a sabotagens, desvios e roubos.

Segundo as pesquisadoras Lynne M. Andersson, da Temple University, e Christine M. Pearson, da Western Ontario University, enfrentamos hoje o desafio das relações com múltiplas interações, mediadas por meios eletrônicos. O aumento do número de contatos exige que desenvolvamos a tolerância e a capacidade de compreender outras culturas e pontos de vista diferentes do nosso. No centro do desafio, a questão da civilidade, a "soma de muitos pequenos sacrifícios que devemos fazer para viabilizar a vida em comunidade".

Andersson e Pearson chamam atenção para o processo em espiral que se inicia com comportamentos de incivilidade. Pequenos atos rudes podem ter como resposta outros atos rudes. Estes, por sua vez, levam a revides, que levam a retaliações. Depois de dois ou três ciclos, o que começou com uma brincadeira de mau gosto pode transformar-se em conflito sério e levar a posições irreconciliáveis. Além das pessoas diretamente envolvidas, espirais de conflito podem afetar outros profissionais, gerando tensões e desgastes na organização e levando a uma degeneração progressiva do ambiente. Pouco a pouco, o que era socialmente inaceitável torna-se usual e as regras implícitas de comportamento passam a incluir atos de agressividade e comportamentos de incivilidade.

Durante os anos noventa, as privatizações, as reestruturações, as fusões e as aquisições levaram muitas empresas a passar diretamente do estágio de formalidade burocrática, bem-comportada, porém ineficiente, para a selvageria competitiva, catalisada por pressões por produtividade e redução de custos. Ambientes organizacionais agressivos fazem com que as pessoas, à exceção de casos patológicos, sintam-se miseráveis no trabalho, reduzindo seu comprometimento, sua produtividade e estimulando-as a procurar outros endereços profissionais. É sintomático que os cursos de etiqueta e ética tenham se tornado tão populares. Infelizmente, funcionam como aspirina para tratar tumores.

Mas há formas mais eficazes para estimular a civilidade e os comportamentos de cidadania nas organizações. Em artigo ainda inédito, Mark C. Bolino, da University of Notre Dame, e William H. Turnley, da Kansas State University, colocam na base da sugestão o sentido do trabalho: profissionais que percebem a utilidade do que fazem e que desenvolvem relações pessoais saudáveis na empresa trabalham melhor. Agir com civilidade envolve tratar os próximos com dignidade, considerar seus sentimentos e preservar as normas de respeito mútuo. Começa com um "bom-dia" e um sorriso pela manhã. Não é muito.

Reengenharia genética

Os recentes avanços da ciência abrem caminho para uma verdadeira revolução corporativa.

Em artigo publicado em *The Atlantic Monthly*, Michael J. Sandel trata das questões morais trazidas pelo desenvolvimento da genética. Segundo esse professor de Filosofia Política da Universidade de Harvard, os saltos recentes do conhecimento nesse campo nos colocam diante de uma promessa e de um dilema. A promessa é representada pela possibilidade de os avanços científicos permitirem tratar uma série de doenças. O dilema é que esse mesmo conhecimento vai nos possibilitar mudar nossa própria natureza em um grau nunca antes experimentado, melhorando nossos músculos, memória e temperamento, e permitindo escolher a altura, o sexo e outros traços genéticos de futuras gerações. Quando a ciência avança em tal velocidade, somos atingidos por uma sensação de vertigem moral e temos dificuldades para articular nossos sentimentos, opiniões e posturas, sugere Sandel.

Porém, será provavelmente no mundo corporativo que o avanço do conhecimento genético encontrará suas mais ousadas aplicações; isso tanto do lado da oferta de novos serviços, quanto do lado das organizações e de suas práticas de recursos humanos. Vejamos, portanto, algumas tendências que este escriba arrolou após "exaustiva investigação científica".

Em breve, novos centros de desenvolvimento humano poderão substituir os anacrônicos e desgastados MBAs. Esses centros se organizarão em torno de bancos de esperma de grandes executivos e empreendedores. Por que gastar fortunas em programas de *trainee* e de desenvolvimento gerencial se você pode clonar dezenas de Jack Welchs? Uma linha especial de serviços a empresas familiares poderá incluir a infinita replicação dos "pais fundadores". Com isso, o espírito dos grandes timoneiros será perpetuado e centenas de guerras fratricidas serão evitadas. De forma complementar, centros de manipulação genética se unirão a *head-hunters* e finalmente poderão prover os super-homens tão sonhados pelas multinacionais. Esses profissionais serão criaturas incansáveis, capazes de dominar com esmero todas as 57 qualidades fundamentais de um grande líder, e sem exigir *stock options*.

Servindo nichos de mercado, empresas de fornecimento de mão-de-obra utilizarão técnicas sofisticadas de engenharia genética para atender seus clientes. Por exemplo: genes de incontinência verbal serão combinados a genes de simpatia e incorporados ao código genético de vendedores de cartão de crédito Amex, tornando-os irresistíveis, mesmo às nove horas da manhã de sábado. Adicionalmente, células troncos de agentes comerciais da Amway e de pastores da Igreja Universal serão aperfeiçoadas e vendidas para as áreas de marketing de grandes corporações.

Os avanços poderão também decretar o fim do sorriso amarelo nos restaurantes de *fast-food* e das falas mecânicas nos balcões das companhias aéreas: atendentes geneticamente modificados (AGMs) serão genuinamente simpáticos, mesmo depois de repetir mecanicamente a fastidiosa ladainha por oito horas. E as mudanças não se restringirão à personalidade: cabelos engomados, dentes perfeitos e sorrisos permanentes farão parte do kit genético.

A sociedade também ganhará com a disseminação de profissionais geneticamente modificados (PGMs): imagine o leitor motoristas de caminhões de distribuição da Coca-Cola capazes de respeitar as leis de trânsito e burocratas capazes de gerenciar grandes compras do governo sem manipular licitações ou favorecer parentes. Onde tudo mais falhou, a engenharia genética nos salvará.

Naturalmente, as práticas de recursos humanos sofrerão grandes impactos. Psicólogos deixarão de submeter os pobres candidatos às vexatórias dinâmicas de grupo. Em seu lugar, um *cross matching* de personalidade garantirá total convergência de competências e atitudes. Em adição, as mofadas avaliações de desempenho ganharão vida nova. Com isso, os funcionários com pior desempenho serão encaminhados para as sessões de tratamento genético, nas quais sua visão de negócios, sua criatividade e sua sociabilidade serão rapidamente desenvolvidas.

As grandes empresas sairão na frente, implantando a função GMO – *Genetic Management Officer* – que será um executivo de grande influência, reportando-se diretamente ao CEO – *Chief Executive Officer* – e com ascensão direta sobre o EMO – *Ethics Management Officer*. Como diz a canção: o futuro será tão brilhante que todos nós usaremos óculos escuros.

Ovelhas *new age*

As mudanças da última década transformaram as empresas em palcos de tensões e conflitos. Para manter o controle, emergiu uma estranha forma de espiritualismo.

Há pouco mais de 10 anos, a revista norte-americana *BusinessWeek* anunciava em matéria de capa a emergência da corporação virtual: o novo "espécime" teria estrutura enxuta, poucos ativos, e seria capaz de mobilizar-se rapidamente para aproveitar oportunidades de mercado. Uma década – e várias bolhas estouradas – depois, muitas predições se concretizaram. Privatizações, fusões, aquisições, *spin outs*, terceirizações e reestruturações mudaram a paisagem corporativa. É temerário afirmar que a corporação virtual tenha se tornado um modelo dominante, mas algo similar de fato surgiu. As empresas tornaram-se híbridos de difícil definição. As marcas ficaram mais fortes, a dar ao consumidor a sensação de identidade. Por trás, entretanto, convivem estruturas variadas, a misturar tribos de diferentes origens e costumes.

A empresa do século XXI tem no centro uma trupe de privilegiados, com direito a trabalho regular, salários e benefícios. Em troca, estes bem-afortunados cumprem jornadas de 60 horas semanais e cultivam úlceras. A sua volta gravita uma periferia sujeita ao mau tempo, a lutar, dia após dia, pela própria sobrevivência. São centenas, ou milhares, de funcionários de baixa qualificação, profissionais de tempo parcial, subcontratados, autônomos e estagiários.

Tome-se uma grande empresa, brasileira ou estrangeira. Se o caso não for exceção, ela terá passado, nos últimos dez anos, por meia dúzia de fusões e aquisições, uma dezena de reestruturações, três ou quatro grandes processos de enxugamento e incontáveis mudanças de rumo. De tanta reinação terá resultado um animal instável e nervoso, sujeito a distúrbios maníaco-depressivos. Por fora, as generosas verbas publicitárias tentam garantir a boa imagem; por dentro, vicejam tensões e conflitos.

O que mantém unidos estes estranhos exércitos de *Brancaleone*? Primeiro, a necessidade de sobreviver. Por mais estranhas e instáveis que essas configurações pareçam ser, são mais aptas à luta na selva globalizada que suas antepassadas. Segundo, a psicodinâmica dos sistemas de baixa mobilidade: quem está no topo luta ferozmente para manter as vantagens conquistadas, quem está a caminho (ou acha que está a caminho) se sacrifica para chegar lá, e quem está fora vive em crônico conformismo ou nutre improvável sonho de redenção. Mas o terceiro fator a prover argamassa para esses sistemas talvez seja o mais curioso e interessante: a emergência, no mundo corporativo, de uma estranha forma de espiritualismo.

Em um artigo recentemente publicado na *RAE* – revista de administração de empresas (à qual este colunista serve como editor) –, Emma Bell, da Warwick Business School, e Scott Taylor, da Birmingham Business School, analisam a "onda *new age*" no trabalho. O ponto de partida dos pesquisadores foi a constatação do crescente número de palestras e *workshops* que declaram ter objetivos espirituais e que garantem ser capazes de livrar os gestores de medos e de barreiras que os impedem de "serem felizes e de tornarem suas empresas mais lucrativas".

A onda do espiritualismo no trabalho é mais um pastiche da Era do Espetáculo, a misturar psicologia de revista feminina e orientalismo de fim de semana. Pressuposto: funcionários espiritualmente satisfeitos são mais eficientes. Conclusão: as empresas que conseguirem conquistar as mentes, os corações e as emoções dos funcionários serão mais lucrativas. Bell e Taylor argumentam que o fenômeno alinha-se ao que Michel Foucault chamou de poder pastoral, uma das estruturas disciplinares da vida e do trabalho modernos. O pensador francês cunhou o termo a partir da metáfora de origem cristã, segundo a qual o pastor cuida do rebanho exercendo controle sobre cada indivíduo e garantindo sua "salvação" pelo conhecimento (e controle) de seus pensamentos mais íntimos.

As manifestações do poder pastoral podem ser vistas não apenas em seminários e *workshops*, mas também em declarações de missões, em discursos messiânicos de alguns líderes empresariais, em práticas organizacionais e em processos sutis de cooptação dos funcionários e de suas famílias. Em um mundo onde falta sentido e coerência, os artefatos corporativos procuram preencher as lacunas, fornecendo um senso de direção e propósito. Qualquer semelhança com técnicas de lavagem cerebral pode ser mais que mera coincidência.

Sísifo no deserto

Longe dos supermercados, perto do coração: breves notas sobre a visita a um museu nórdico e a redescoberta do prazer diante da obra de arte.

Visitar grandes museus, como o Metropolitam, o Louvre ou o Hermitage, pode ser tão emocionante quanto passar a véspera de Natal em um shopping center. O flagelo se inicia nas proximidades, que se transformam em feira livre, à qual não faltam sopros andinos. Ao entrar no saguão principal, receberá o visitante um ambiente de estação de trem, barulhento e caótico. Pelos quatro cantos, obesos americanos a dividir espaço com deslumbrados terceiro-mundistas. Ao fundo, a algaravia da infância aos dez, quarenta e sessenta. Então, é respirar fundo e entrar no palácio, serpenteando pelas entranhas atulhadas de obras e turistas. Tesouros chineses, armaduras japonesas, esculturas gregas, instalações mexicanas, minimalismo espanhol, impressionismo europeu: um mergulho infinito e vertiginoso. Submetido ao fluxo maciço dos gentios e bombardeado por séculos de significados, em algum momento o incauto visitante será tomado por tédio e dores lombares. Então, tombará exausto diante de um tríptico sombrio. Ao despertar, talvez salve o dia encastelando-se em um canto esquecido, a descobrir curiosidades afastadas da ribalta.

Em diferentes plagas, museus vêm se convertendo de depósitos de arte em centros de entretenimento: abandonam a sisudez, limpam as teias de aranha e vão se "disneyficando". Em certos museus, as lojinhas de quinquilharias ganham ares de *drugstore*, ou se espalham por todos os pavimentos, a responder ao impulso de compra dos afoitos transeuntes.

Apesar de escaldado por numerosas destas excursões "wall-martianas", foi com a mente aberta e o coração tranqüilo que visitei recentemente o Museu de Arte Moderna de Estocolmo. Inaugurado em 1958 e recentemente renovado, o "Moderna Museet" é luminoso e arejado, com as dimensões humanas de nosso MASP. Ainda que o domingo fosse de ameno verão, as hordas ignaras pareciam ter ficado ao largo, quiçá em outra ponta do belo arquipélago sueco.

Talvez por efeito mágico, descobri um novo tipo de passeio museológico, leve e prazeroso. Flanei por Dalis, De Chiricos, Duchamps e Miros, a notar nas paredes primos desconhecidos das onipresentes imagens dispostas nos grandes museus. Aqui e ali, aproximei-me, afastei-me e voltei a aproximar-me, sem boa explicação, a não ser a atração dos olhos pelos traços e cores. Assisti a um trecho original de Metrópolis e sentei-me por dois bons quartos de hora diante de um curioso vídeo da jovem artista Su-Mei Tse.

Em sua instalação, a experiência sensorial é planejada: após passar por uma "zona de descompressão", o visitante entra em uma pequena sala de projeção. A imagem, de cartão-postal, mostra o deserto, com as dunas estendendo-se pelo horizonte. Sobre elas, contam-se duas dezenas de garis, em uniforme verde-limão. Impávidos, eles varrem pequenos montes de areia. Eventualmente, um ou outro pára o trabalho, olha sem afetação ao largo, e incontinenti segue sua tarefa. Não há coreografia. O único som é de... areia sendo varrida.

Diante da obra, a primeira reação é de estranhamento. O efeito cômico é sutil. Em seguida, acerca-se certo magnetismo, ou curiosidade, que faz com que o visitante se sente para acompanhar a cena. No terceiro ou quarto minuto, avizinhase o desconforto. Será que não vai acontecer nada mesmo? De fato, nada ocorre, a não ser a repetição da cena, que dura menos de seis minutos, mas é projetada continuamente. O catálogo da exposição reproduz uma frase de John Cage: "Se algo é tedioso após dois minutos, tente por quatro. Se ainda for tedioso, então, tente oito. Então, tente dezesseis. Então, trinta e dois. Eventualmente, descobre-se que não é nada tedioso". Este é o caso.

Su-Mei Tse nasceu em 1973, em Luxemburgo, em uma família anglo-chinesa; teve alemão como primeira língua e estudou artes plásticas em Paris. Qual o sentido de sua obra? Talvez não haja. Ou talvez seja a falta de sentido que torne a obra tão interessante. Para os amigos com os quais partilhei a descoberta, as associações foram com a falta de propósito no trabalho e na vida. A expressão dos varredores é neutra. Não há tédio, revolta, nenhum ímpeto para alterar a rotina. A energia é comedida, de um Sísifo absolutamente resignado e tristemente tranqüilo, sem inspiração ou transpiração. Porém, a cena não desperta compaixão ou revolta; é apenas uma constatação. Tem um pouco de cada um de nós.

Imperativo plural

> Marca do tempo, a vida corporativa acontece em seqüência infinita de encontros e reuniões.

Tome a agenda de um alto executivo e reuniões aparecerão em interminável série. Desça alguns degraus na pirâmide e o quadro é o mesmo. Caso duvide da onipresença das reuniões no cotidiano corporativo, faça um teste: escolha dez colegas e telefone a eles a qualquer hora do dia. Se a amostra for representativa, sete estarão participando de reuniões. Os outros três? Provavelmente estarão preparando reuniões.

Quem trabalha há mais de dez anos sabe que nem sempre foi assim. Elas sempre existiram, mas em algum momento as reuniões avançaram avassaladoras sobre a jornada de trabalho: reunião de orçamento, reunião de desempenho, reunião de projeto, reunião de desenvolvimento, reunião de responsabilidade social... a lista tende ao infinito.

Wilbert van Vree, autor de *Meeting, Manners and Civilization. The Development of Modern Meeting Behavior* (Leicester University Press), relaciona a proliferação das reuniões à própria evolução da sociedade. Em nível internacional, multiplicaram-se os organismos multilaterais; em nível local, cresceram as redes interinstitucionais. E não foi diferente no mundo corporativo: transnacionalizações, terceirizações, reduções de níveis hierárquicos e outras mudanças fizeram explodir as instâncias coletivas de tomada de decisão.

As reuniões tornaram-se componentes centrais na distribuição de poder, de status e de propriedade: "nos últimos dois, três séculos os 'indivíduos mais poderosos da Terra' gradualmente deixaram de ser cortesãos e empreendedores para se tornarem presidentes de conselhos e *chairpersons*", declara van Vree. Embora ainda se cultive a imagem romântica dos grandes realizadores, a verdade é que o poder nas corporações tornou-se algo fluido, que escoa pelas reuniões, entre decisões racionais e outras nem tanto.

Van Vree pesquisou o fenômeno a partir de livros e manuais escritos sobre o tema: o autor identificou nada menos que 800 títulos produzidos nos Estados Unidos, na Inglaterra, na Alemanha, na Holanda e na França. E os livros são apenas parte de um arsenal de ferramentas, que também inclui cursos, seminários e vídeos de treinamento.

No desenvolvimento desse "gênero literário", primeiro surgiram os manuais para condução de assembléias e de reuniões políticas. A primeira obra influente sobre o tema foi a *Robert's Rules of Order* (1876), que vendeu quase 4,5 milhões de cópias até o final da década de 1990 e que contém as orientações básicas para a condução de uma reunião: como abrir o encontro, como anunciar a agenda, como conduzir as discussões, como evitar digressões, como controlar o tempo, como conduzir votações e como fechar o encontro. Aparentemente, 130 anos foram suficientes para garantir que seu conteúdo seja praticado!

Na década de 1950, foram popularizados os livros-textos voltados para as reuniões em empresas e o gênero sofreu atualização com contribuições da Psicologia Social e das técnicas de negociação. As mudanças foram sensíveis: da formalidade para a informalidade, do debate e voto para a busca do consenso.

Reuniões são comumente classificadas como improdutivas, inúteis ou simplesmente aborrecidas. À época das monarquias, os cortesãos também reclamavam dos intrincados rituais que eram obrigados a conduzir e a participar, porém os conservavam com fervor. Como esses rituais, as modernas reuniões constituem "âncoras" que ajudam a manter as redes de poder.

Hoje, a agenda da classe dirigente é preenchida por discussões, negociações e decisões tomadas em grupo: pesquisas mencionadas por van Vree dão conta de que executivos de grandes empresas passam 75% de seu tempo em reuniões.

O circuito das reuniões tornou-se também o *locus* preferencial para a ação de alpinistas corporativos: MBAs bem adestrados, obcecados com o avanço na pirâmide organizacional, fazem de reuniões e *workshops* palco para suas performances. Em paralelo, as grandes corporações vêm nutrindo verdadeiras classes ociosas, cuja fonte de poder consiste em espalhar reuniões e definir suas agendas. Diante da possibilidade de trabalho real, os desocupados defendem-se, invocando os novos dogmas da "democracia corporativa" e convocando os coletivos.

Coordenar ou participar de reuniões tornou-se condição para ter emprego, status e renda. No ritmo que o fenômeno se alastra, é possível que o futuro veja nascer o MSR – movimento dos sem reunião –, fomentado pelos marginalizados e excluídos dos círculos de poder.

Criatividade embotada

Desde os anos oitenta as empresas vêm promovendo o trabalho em grupo. Contrariando o senso comum, uma pesquisa recente mostra que, quando se trata de criatividade, indivíduos são melhores que grupos.

Certas situações são muito comuns no mundo corporativo. Um problema ou uma oportunidade se apresenta. Começamos pelo problema: a concorrência avança, o consumidor desaparece e o caixa mergulha em tom de púrpura. Agora a oportunidade: o mercado se abre, os clientes pedem bis e o cofre estufa. Como afirmamos, são duas situações corriqueiras, e com algo em comum: entre o problema e o fim do túnel, ou entre a oportunidade e o céu azul, lá estará ela, indômita e majestosa: a decisão. Tomar decisões está na essência da vida empresarial. Dia após dia, com maior ou menor competência, situações são analisadas e caminhos são definidos.

Organizações eficientes são capazes de detectar problemas e oportunidades, levantar informações, avaliar alternativas e tomar decisões acertadas. Elas enfrentam o caos ambiental e unem rapidez, criatividade e consistência em seus processos decisórios. Portanto, organizações eficientes usam grupos para estimular visões criativas e garantir a agilidade na tomada de decisão, correto? O senso comum e a história recente das boas práticas gerenciais afirmam que sim. Porém, para espanto dos mais crédulos, pesquisas científicas vêm mostrando que trabalho em grupo não se mistura tão bem com criatividade e agilidade como faziam crer populares curandeiros.

Depois de quase 20 anos de lavagem cerebral, são raras as grandes empresas que não utilizam processos colegiados de decisão, não empregam em larga escala o trabalho em times, ou não usam o conhecido *brain-storming*, as sessões livres de geração de idéias. Entretanto, uma pesquisa realizada na Kellogg School of Management contradiz o senso comum. Leigh Thompson, responsável pelo trabalho, afirma que grupos não são tão criativos quanto indivíduos: grupos são eficientes em processos que envolvem pensamento convergente, mas, quando se trata de encontrar soluções inusitadas e inventivas, é melhor confiar a tarefa a indivíduos.

No popular *brain-storming*, por exemplo, estimulam-se associações livres e coíbe-se a censura. Mas será que essa técnica de tão amplo uso é capaz de gerar decisões criativas? Segundo Thompson, não. Quase todos os estudos listados pela pesquisadora mostram que sessões de *brain-storming* geram um número menor de idéias do que se a tarefa fosse dada a indivíduos.

Quatro fenômenos explicam a baixa criatividade e eficácia dos grupos. Primeiro, uma tendência para contentar-se com resultados mais modestos (certa preguiça coletiva). Em grupo, as pessoas tendem a se esforçar menos do que se trabalhassem sozinhas. Segundo, indivíduos trabalhando em grupo tendem a exibir comportamentos de conformidade: mais importante que o resultado, é garantir uma boa imagem junto aos demais participantes. Com isso, eles esforçam-se para serem aceitos, evitam lançar idéias "deslocadas" e buscam expressar opiniões socialmente aceitáveis. Terceiro, indivíduos trabalhando isoladamente tendem a controlar seu tempo de forma mais eficaz e evitam interromper seu raciocínio. Grupos, ao contrário, funcionam com regras que fragmentam as linhas individuais de pensamento. Quarto, existe uma tendência de o resultado do grupo ser mais influenciado pelo desempenho dos membros mais fracos, ou menos criativos.

Com isso, trabalhos em grupo são comumente pautados por baixa produtividade. Thompson também ressalta que membros de equipes experimentam sensações de inibição e ansiedade. Reuniões de grupos, em lugar de encontrar soluções para os problemas identificados, costumam degenerar em eventos sociais, cheios de histórias pessoais e rituais de autocongratulação. O resultado é pobre em criatividade e consistência, e pode ainda ser demorado. Mesmo assim, muitos grupos ainda acreditam que fazem um bom trabalho, confiam na própria produtividade e crêem que funcionam de forma "democrática".

Thompson acredita que cada um dos quatro fenômenos citados pode ser apropriadamente tratado, mas talvez, para as empresas, seja mais fácil reverter a tendência de usar grupos em todas as situações e voltar a atribuir responsabilidades aos indivíduos. O trabalho em grupo pode parecer recompensador e divertido para os participantes, mas talvez não recompense o tempo e a energia investidos.

PARTE 2

BASTIDORES SOMBRIOS

Porões corporativos

Pequenos logros vicejam nos subterrâneos empresariais. Atenção é preciso: os ardis podem representar apenas a ponta de um nauseabundo iceberg.

Fato ou ficção? Caso 1: em uma ilibada instituição financeira (oximóron?), um gerente adiciona ao invejável salário os trocados de reembolsos fraudados em pizzarias. Uma amiga íntima do alto escalão e hábil jogo de cena provêem polimento a sua impecável reputação, enquanto uma horda de seguidores emula seus maus costumes. Caso 2: um vôo internacional faz "paradas técnicas" freqüentes em um paraíso fiscal. Em todas as ocasiões, está presente a bordo o ilustre primo de um conhecido governador de Estado, muito próximo de um não tão ilustre diretor da empresa aérea. Caso 3: em uma grande empresa industrial, um grupo de funcionários opera uma "rede logística própria". Um supervisor percebe estranhos movimentos de inventário, mas depois de "conversado" apenas recomenda discrição. Caso 4: em uma fábrica de uma multinacional européia, a equipe de manutenção "administra" as horas extras de acordo com as necessidades de caixa de seus membros. Com o tempo o esquema cresce e incorpora taxistas e até uma empresa de refeições rápidas. Nada como a economia informal! Caso 5: em um grande hospital metropolitano, o sistema de suprimentos é dominado por máfias diversas. O descontrole, somado à incompetência gerencial e à ganância de pequenos e grandes larápios dilapidam a organização. Caso 6: também no "maravilhoso" sistema de saúde nacional, um grande prestador de serviços detecta: em novembro, aumentam os casos de internação em UTI. Coincidência? Talvez não: com a proximidade do Natal, não são apenas os guardas rodoviários que precisam garantir uma renda extra.

Fato ou ficção? Difícil dizer. Mas não é preciso ser Sam Spade ou Nero Wolf. Basta uma conversa descontraída com funcionários (ou ex-funcionários) para descortinar detalhes das mais escabrosas histórias de fraudes e desvios. Elas seguem a trajetória usual da vida subterrânea: correm boca a boca e às vezes têm proporções alteradas e personagens acrescentados. Na maioria das empresas, pequenos casos são tolerados como "parte do negócio"; grandes casos são tratados com discrição. De alguma forma, terminam por fazer parte da paisagem corporativa: são aceitos como um mal necessário.

Não deveriam! Para empresas que atuam em mercados competitivos, nos quais cada centavo no custo conta, os robustos percentuais extraídos por esquemas paralelos podem pintar de um desalentador tom vermelho o resultado. Para organizações públicas, que teoricamente existem para servir à população, os esquemas paralelos limitam a capacidade e a qualidade do atendimento. Em hospitais, o impacto deveria ser medido em vidas.

Segundo o especialista Fernando Fleider, da empresa de gestão de riscos ICTS Global, as fraudes e os desvios ocorrem por dois motivos: má intenção e controles deficientes. Diante da possibilidade de ganhos, incorporamos o *homo economicus:* se o ganho é grande e o risco é baixo, então por que não?

Algumas empresas toleram de 2 a 4% de perdas, que denominam de "custo de fazer negócios". Mas esse custo, o direto, é apenas parte do impacto total e pode ser a ponta de um gigantesco e putrefato iceberg. O custo indireto, relacionado à deterioração da imagem, à perda de eficiência e à redução da lucratividade, é quase impossível de avaliar. O gerente que falsifica reembolsos está fraudando a empresa em mais que 300 ou 500 reais por mês: sua pequena falcatrua está fomentando um ambiente de incompetência, venalidade e cinismo, de impactos difíceis de quantificar. Enquanto larápios iniciantes equipam a casa de praia com TVs de 29 polegadas e trapaceiros mais experientes trocam o carro dos filhos adolescentes, o país perde investidores assustados com as "peculiaridades" locais.

Fleider é categórico: toda organização está sujeita a problemas de fraudes e desvios. Para tratá-los a receita é transparência, aperfeiçoamento dos processos internos e melhoria dos controles. No lugar de repressão, comunicação e sensibilização; no lugar de punição, prevenção. As fraudes e os desvios estão aumentando? Difícil dizer, mas conforme a transparência aumenta e os controles evoluem, a tendência é haver uma redução de casos. A situação é pior no Brasil? Não se nos compararmos a países como México e Argentina, porém, ficamos a boa distância dos países desenvolvidos. Razão principal: impunidade. Aqui se faz, mas aqui não se paga.

Pequenos larápios

Em Pindorama, as sombras tropicais abrigam incontáveis falcatruas. Somados os pequenos "ganhos" individuais, tem-se uma grande perda coletiva.

O *ranking* da Transparência Internacional recentemente divulgado coloca o Brasil em uma pouco invejável 54ª posição. Perfiladas as nações, 53 delas são mais honestas que nós. O índice, que mede a percepção de corrupção, é apurado anualmente. A lista traz no topo (países mais "limpos") a Finlândia, que também apresenta o maior índice de competitividade, excelente índice de sustentabilidade ambiental e um dos maiores PIB per capita do mundo. Os Estados Unidos são o 18º, o Chile o 20º (o melhor da América do Sul) e a Itália o 35º (será o efeito Berlusconi?). No final da lista vêm a Rússia, em 86º, a Argentina, em 92º, e Bangladesh, em 133º (o último). Desde a implantação do *ranking*, o Brasil ocupa o bloco intermediário, que inclui o México, a África do Sul e a República Tcheca.

A corrupção está nos pequenos e grandes assuntos de Pindorama: faz parte do cenário. Corrompemos guardas de trânsito e juízes, subtraímos pequenos e grandes valores. Jornais e revistas vez por outra registram megaesquemas, aqueles capazes de assombrar a massa inerte de leitores. Porém, esses casos constituem a ponta de um enorme iceberg. Abaixo da linha d'água, estão milhares de pequenos desvios: é a corrupção "municipalizada", movida por pequenos larápios que se dedicam a artimanhas de variadas pretensões. Tomados em conjunto, formam o grupo "C" do princípio de Pareto, mas um "C" robusto, capaz de somar valores vultosos. Além das cifras envolvidas, os pequenos larápios criam um clima adverso para os negócios e impedem que questões sociais sejam enfrentadas.

O roteiro é conhecido. Primeiro, o uso do carro oficial para ir ao dentista. Pouco importa se o notável tem consultório a 500 km de distância. Então, aparecem pequenas "oportunidades" em licitações e a rede de interesses começa a ser articulada. Surge uma concessão de TV e o esquema ganha corpo. A nanica imprensa local não gostou? Uma ou duas alocações de verba publicitária e presto! Tudo é resolvido. Aos poucos, o esquema vai produzindo resultados: o patrimônio cresce a taxas exponenciais e, como por encanto, abrolha uma simpática propriedade com vista para o Atlântico. Afinal, é preciso garantir o futuro da próxima geração.

Além das capitais, longe da vigilância da imprensa, os pequenos larápios reinam. Sem freios, eles forjam orçamentos, mudam leis, trocam dívidas por apartamentos, fraudam licitações e desviam repasses. No interior de Pindorama, vilarejos e até cidades de porte médio tornam-se reféns. Pequenos municípios tomados pelos pequenos larápios não avançam contra os problemas culturais e sociais. Algumas vezes, até aceleram em sentido contrário, destruindo o pouco que construíram.

Pego em flagrante, o pequeno larápio afasta-se, para "facilitar as investigações", uma autoridade local constitui "comitê independente de investigação" e o circo programa alguns dias de espetáculo. Seguem-se declarações de efeito, bloqueios e desbloqueios de bens, golpes e contragolpes, liminares e habeas-corpus, escutas e mais denúncias. Shows de grande impacto permanecem algum tempo na mídia. Shows menores são restritos aos cantos de página e saem rapidamente de cartaz. Em pouco tempo, o velho esquema volta a agir, ou um novo toma seu lugar.

Além do *ranking*, a Transparência Internacional também divulgou o primeiro "Barômetro Global de Corrupção", uma pesquisa que envolveu dezenas de países de todos os continentes. O Barômetro mediu atitudes e expectativas sobre os níveis futuros de corrupção. Uma das perguntas-chave da pesquisa era a seguinte: "Se os cidadãos tivessem uma 'varinha mágica', capaz de eliminar a corrupção, onde eles mais gostariam de utilizá-la?" Responderam à sensível questão mais de 30.000 pessoas de 44 países. Significativamente, os partidos políticos foram os "eleitos" em 33 dos países pesquisados. Os percentuais foram especialmente altos na Argentina e no Japão.

Segundo Peter Eigen, *chairperson* da Transparência Internacional, os cidadãos estão enviando uma mensagem clara aos líderes políticos: é preciso reconstruir a credibilidade e a confiança. É tempo de reconhecer a extensão da corrupção entre as elites políticas tanto no mundo desenvolvido como no mundo em desenvolvimento, tratar convenientemente os conflitos de interesse e reduzir a imunidade política.

Ética maquiada

A cada novo escândalo corporativo, a questão da ética empresarial volta à tona; porém, para reverter velhos vícios, é preciso ir além da superfície.

Sugerem os céticos que há três razões para as empresas adotarem códigos de ética: primeiro, ordens da matriz; segundo, mostrar para o público externo; terceiro, mostrar para o público interno. Ética empresarial, como outras modas corporativas, vive aos soluços. Nos anos oitenta, os escândalos de Wall Street provocaram uma primeira onda. Resultado: discursos positivos e cursos, programas e códigos de ética. Passados alguns anos, a dose parecia ter sido adequada. Porém, quando o bom-mocismo celebrava vitória, eis que ressurge o monstro: Enron, Tyco, Global Crossing e agora a Parmalat.

A crer nas iniciativas existentes, executivos preferem pensar em ética em termos de certo e errado, bom e mau. Ocorre que a vida corporativa, como a vida pública, é cheia de meios tons. O discurso de cores primárias serve ao espaço reduzido das manchetes de jornal, porém, leva apenas a declarações de ocasião e ações de fachada. Mas será que princípios éticos podem de fato ajudar? A resposta é sim, mas é preciso ir além da superfície.

Em um artigo inédito – "Managing to be ethical: debunking five business ethics myths" –, Linda K. Treviño e Michel E. Brown, da Pennsylvania State University, identificam e analisam mitos sobre o tema. O primeiro mito é que é simples ser ético: "Se cheira mal, afaste-se!", insinua a frase de efeito. O problema com essa sugestão é que desconsidera a complexidade que envolve as decisões empresariais. Questões éticas são comumente ambíguas e dependem do processo de tomada de decisão: análises que focam os impactos da decisão podem gerar decisões diferentes de análises que se fundamentam em princípios de justiça e direito. Além disso, não se pode assumir que os indivíduos sabem o que fazer diante de um dilema ético. Aliás, muitos nem sequer reconhecem dilemas éticos. A capacidade de tomar decisões éticas é aprendida da infância à vida adulta. Nos primeiros estágios, os indivíduos tomam decisões com base em prêmios e punições. Somente nos estágios finais eles conseguem relacionar suas decisões com uma visão mais ampla das normas sociais e, finalmente, ser guiados por princípios de justiça. Treviño e Brown observam que apenas 20% dos indivíduos chegam a esse último estágio. Dedução direta: os demais precisam ser guiados. Finalmente, mesmo quando a decisão correta é tomada, há dificuldades para implementação. Em suma, dizer que ser ético é simples é o primeiro passo para gerar ações de fachada.

O segundo mito é que comportamentos não éticos resultam somente da existência de "maçãs podres". Portanto, basta removê-las. É claro que todos os sistemas têm desviantes, mas a maioria dos indivíduos age conforme as práticas vigentes. Remover as "maçãs podres" pode ser um ato simbólico, porém, tem efeito limitado.

O terceiro mito é que um nível ético de gestão pode ser atingido por meio de códigos e programas. Treviño e Brown lembram que a formalização não é garantia para o sucesso. Se as ambigüidades próprias da atividade empresarial não forem identificadas e tratadas, o resultado pode ser a convivência de um discurso limpo com práticas sujas: pura hipocrisia.

O quarto mito é que a liderança ética relaciona-se basicamente à integridade dos executivos. Integridade é um bom ponto de partida, mas não é suficiente para tornar um executivo um líder ético. Na maioria das organizações, os funcionários não têm contato direto com o presidente e os diretores. Portanto, é preciso unir exemplo e ações de indução. Discurso sem ação gera cinismo; a ausência dos dois é ainda pior: leva ao vale-tudo.

Empresas são entidades transitórias: nascem, crescem e definham até desaparecerem, ou serem tragadas por outras mais eficientes ou predatórias. Mas isso não diminui o impacto da queda abrupta. Desastres como os já citados no início destroem carreiras, empobrecem investidores, abalam comunidades e colocam em cheque o próprio sistema. Diante de problemas complexos, executivos tendem a procurar soluções rápidas e ineficientes. Porém, enfrentar dilemas éticos não é tarefa trivial. É preciso entender o "amálgama cultural" e enfrentar os dilemas e as contradições. Além disso, enfrentar estados avançados de putrefação ética exige estômago forte e eventualmente cirurgias radicais. Fazer a coisa certa não é óbvio nem indolor.

Efeitos da pílula Blair

Um jornalista traquinas, um editor demissionário e um discurso surpreendente. Mas o que aconteceria se outros executivos também optassem pela mais crua sinceridade?

O escândalo ocorreu no venerado *New York Times*: um jovem repórter enganava seus leitores e colegas fabricando histórias e plagiando outros jornais. Jayson Blair trabalhava há 4 anos para o jornal e era um profícuo colaborador. Seus textos simulavam encontros inexistentes e descreviam cenas que ele não havia presenciado. Houvesse o fato ocorrido em alguma Gazeta do Grão-Pará ou em algum Diário de Jundiaí, ao impostor seria dada a incumbência de escrever o código de ética ou o manual de redação. Porém, o embuste vitimou um dos últimos bastiões da mídia impressa, onde valores "antiquados", como a verdade e a fidedignidade dos fatos, ainda são cultivados.

Passadas algumas semanas do alvoroço, enquanto os abalados colegas de Blair guardavam luto, Howell Raines, o editor executivo, renunciou. No cargo desde 2001, Raines vinha sendo criticado por ignorar os alertas sobre a conduta temerária do peralta. Em seu discurso de despedida, não economizou franqueza: "Vocês me vêem como inacessível e arrogante. Vocês pensam que a redação é muito hierárquica, que minhas idéias são colocadas em prática e outras são ignoradas.

Eu escutei que vocês estão convencidos de que existe um *star system* que seleciona meus favoritos para promoção".

Sinceridade nunca foi moeda corrente no mundo empresarial, muito menos em ocasiões públicas, mas talvez Raines tenha inaugurado uma nova tendência. Então nos perguntamos, dileto leitor, o que aconteceria se a "pílula Blair" fosse ingerida em cenários corporativos tropicais? Quais seus efeitos? O que ocorreria se, por motivo de pequeno ou grande escândalo, modesta ou retumbante revelação, executivos viessem a comentar, sem defesas ou pudor, suas mazelas e condutas impróprias?

Então, talvez aquele dinâmico empresário viesse a público lamentar: "Vocês me acusam de organizar cartéis e massacrar concorrentes. Crêem que leso o interesse público em troca de tostões, que exponho funcionários a condições insalubres e dirijo sem alma nem coração meu império, que meu discurso é rico em imagens e pobre em conteúdo".

Ou quiçá o popular mecenas, o benfeitor das artes, declarasse em colóquio: "Ouço amiúde que patrocino orquestras e obras sociais apenas como fachada para encobrir negócios escusos e lavagem de dinheiro. Por toda parte acreditam que patrocino causas nobres apenas para polir minha imagem e ganhar espaço na mídia, que gasto mais com relações públicas que com artistas".

Eventualmente, o famoso homem de marketing proferisse em palestra: "Nossos funcionários me acusam de eleger inimigos e persegui-los, de destruir carreiras e vidas, de conspirar pelos corredores e criar um clima de medo em nossa organização. Vêem a mim como um Maquiavel de periferia, inseguro e adulador".

E o inovador diretor de informática talvez confessasse ao auditório: "Vocês acreditam que faço investimentos desnecessários, que coloco em risco nossas operações, que abraço todas as novas ondas e não concluo meus projetos, mas não perco oportunidade para me autopromover e celebrar feitos pífios".

E o conhecido consultor, de nariz empinado e língua afiada, talvez admitisse: "Aos quatro ventos me acusam de ser pistoleiro de aluguel, de estar a soldo das mais recheadas carteiras, de prometer o céu e entregar o inferno; dizem que vendi a alma por punhado de *stock options*".

E até o sisudo diretor de suprimentos talvez confirmasse: "É voz corrente que nosso código de conduta é letra morta, que corrompo fornecedores, promovo negociatas e distribuo benesses a amigos e parentes, que manipulo especificações em troca de eletrodomésticos, e ainda persigo os que me acusam".

É até possível que o diretor adjunto da venerável estatal discursasse: "Entre nós muitos pensam que passei meus 25 anos de serviço público perambulando pelos corredores do poder, sem realizar nada de palpável ou útil, sem criar nada de novo e sem efetuar trabalho algum que trouxesse benefício para nossa organização ou para o país".

E talvez todos eles renunciassem, e talvez outros viessem, e talvez não repetissem seus antecessores, e talvez nós não dedicássemos tanto tempo a tipos como Jayson Blair, e talvez pudéssemos fazer coisas mais interessantes e importantes, e talvez pudéssemos tornar dois ou três cantos do planeta um pouco mais habitáveis.

PARTE 3

ATORES DIGITAIS

Poderes ocultos

Um professor emérito de Yale e um conhecido músico pop comentam paradoxos e possibilidades do onipresente Power Point.

A sala está à meia-luz. As últimas conversas cessam e a atenção se concentra no facho azul projetado na tela. No canto direito perfila-se com autoridade o apresentador. Está a começar um dos mais freqüentes rituais corporativos: um show de *Power Point*. Logo no primeiro minuto, os presentes serão levados a uma outra dimensão, a um lugar mágico, cheio de símbolos e de imagens coloridas, onde o senso crítico desaparece e a vida torna-se filme de ficção científica. No mundo do *Power Point* todas as estratégias de marketing são vitoriosas, todos os investimentos geram lucros e todas as ações de recursos humanos são justas e bem-sucedidas. No quinto minuto, alguns presentes esboçam reações de vertigem. Um vice-presidente transcende os limites do corpo e ronrona suave.

Essa cena ocorre, com variações, em milhares de organizações em todo o mundo. A tecnologia de informação ajudou a levar os softwares de apresentação muito além do mundo corporativo: a hospitais, a escolas, a órgãos de governo e até a organizações sociais. Porém, o show tem seus críticos. Edward Tuffe, da Universidade de Yale e autor do panfleto

The Cognitive Style of Power Point (Graphics Press), adverte: "O poder corrompe, e o *Power Point* corrompe de forma absoluta". Em artigo publicado recentemente na revista *Wired*, o próprio pesquisador estabelece uma analogia nada lisonjeira: "Imagine um remédio controlado, caro e muito utilizado, que promete nos fazer mais belos, mas não cumpre a promessa. Em lugar disso, o remédio tem efeitos colaterais freqüentes e sérios: induz à estupidez, transforma a todos em chatos e degrada a qualidade e a credibilidade da comunicação".

Apresentações de *Power Point* podem tornar-se seqüências intermináveis de informações pobremente articuladas. Com isso, é quase impossível entender o contexto e avaliar relações. A primeira reação é de deslumbre. Segue-se o aparvalhamento e o naufrágio. Ao tentar se salvar, a vítima agarra-se aos fragmentos de sentido que flutuam na superfície. Enquanto toneladas de informação fluem pelo ralo virtual, frases de efeito são registradas e ganham status de sabedoria.

Tuffe argumenta que as apresentações em *Power Point* colocam formato acima do conteúdo e conduzem a uma "atitude comercial" que transforma tudo em uma venda. Sua principal preocupação é o uso educacional, especialmente com crianças que, no lugar de aprenderem a escrever de forma lógica e a retratar argumentos em frases, estão a aprender como "vender" seus trabalhos para a "platéia". Nas faculdades, por sua vez, o *Power Point* funciona como uma muleta didática. Na ausência de conteúdo, professores capricham nos efeitos pirotécnicos.

Um contraponto interessante é oferecido por David Byrne. Foi quase por acidente que o músico e artista plástico descobriu os poderes mágicos do *Power Point*. Com base em suas experiências, Byrne criou um livro e um DVD, lançados com o título *Envisioning Emotional Epistemological Information* (Steidl Publishing).

O ex-*Talking Heads* carregava a bateria de ironia e sarcasmo para uma leitura pública de seu livro anterior *The New Sins on Sales Presentations*, quando lhe ocorreu usar o software.

Conforme escreveu Byrne, também nas páginas de *Wired*: "Nunca tendo usado o programa antes, eu o achei limitado, inflexível e vicioso, como qualquer software. Além disso, o *Power Point* produz imagens tão ruins que chega a ser hilário. Mas é um preço baixo a pagar pela facilidade e utilidade. Nós vivemos em um mundo no qual a conveniência sempre supera a qualidade... (Então) eu fiz apresentações sobre apresentações; que eram completamente sem conteúdo. O conteúdo, eu aprendi, era o meio ele mesmo".

Softwares como o *Power Point* não deveriam ser levados tão a sério. Afinal, o que deve importar é o conteúdo e não a forma. Porém, como observou Veronique Vienne, escrevendo para o *New York Times*, além de organizar idéias, o software tende a homogeneizá-las, traduzindo a Babel empresarial em uma expressão monolítica da cultura corporativa. Para a jornalista, o trabalho de Byrne é um comentário (satírico e bem-humorado) sobre como a linguagem pode nos alienar de nossas próprias emoções. O diretor do provocativo *True Stories* não apenas denuncia o vazio pomposo e kitsch do meio, mas demonstra que é possível subvertê-lo pela ironia e transformá-lo em forma de expressão. Será?

A vida no aquário

O penico digital e outras traquinagens tecnológicas ameaçam sepultar o direito à privacidade e concretizar o pesadelo orwelliano.

Ler (e responder) dezenas de *e-mails* não costuma ser o ponto alto do dia. Porém, nos últimos meses, a ingrata tarefa tornou-se ainda mais desagradável. Antes mesmo de enfrentar as primeiras mensagens, é preciso eliminar as bobagens que chegam impunes à caixa postal. Um dia típico traz ofertas variadas: quadros de Keith Haring, férias no Caribe, melhoria do desempenho sexual, novidades da Harvard Business School (aquela do George W. Bush!) e, claro, 10 milhões de dólares para ajudar a viúva de um ex-alto dirigente africano a rever sua fortuna. Contra paranóias justificadas ou não, surgiu um filão de negócios, com softwares anti-*spam* e "simuladores de identidade", que permitem fazer compras e navegar pela *Web* com perfis fictícios. Quiçá seja a era Zelig chegando à Internet.

Mas o *spam* é apenas a parte mais visível de um fenômeno maior: a invasão da privacidade. Aliás, antes do *junke-mail*, mercadólogos e desocupados já haviam descoberto o *junk-mail* e o telefone. Nas eleições norte-americanas de 2000, por exemplo, um serviço informatizado de chamadas foi utilizado para transmitir simultaneamente a milhares de eleitores mensagens de candidatos.

Nas empresas, a invasão de privacidade atende pela sigla CRM – ou *Customer Relationship Management*. Em teoria, trata-se de uma "filosofia de trabalho" que alinha o conhecimento do cliente com as ações internas. Objetivo justo e razoável: oferecer os melhores produtos e serviços. Na prática, entretanto, a coisa não passa de um gigantesco banco de dados que armazena todos os nossos passos e que pode ser usado para induzir o consumo. Felizmente, por defeito congênito ou simples incompetência, nada disso funciona.

Mas poucas situações refletem de forma tão exemplar a questão da invasão de privacidade quanto o caso da DeCode Genomics. Empresa de engenharia genética criada em meados da década de 90 pelo neurologista Kari Stefansson; seu objetivo é usar a informação genética de toda a população da remota, gélida e feliz Islândia para fins científicos e comerciais. A população islandesa tem uma história peculiar: origem comum, isolamento e alguns acidentes de percurso criaram uma base genética única, homogênea e valiosa. Não é de estranhar que todos os islandeses se pareçam: de fato, eles formam uma única grande família.

Entra em cena o boom da pesquisa genética. Cruza-se o interesse científico com a constatação de que investigar as causas de doenças pela comparação do DNA ao longo das gerações é mais fácil e rápido em grupos etnicamente homogêneos, com cuidadosos registros de saúde. Resultado: a Islândia tornou-se o mais rico laboratório genético natural do mundo.

As aventuras e as desventuras de Stefansson foram narradas por Michael Specter, para a revista *The Atlantic Monthly*. Para os mais ácidos, sua proposta equivaleria aos experimentos raciais nazistas. Não faltaram acusações de monopólio, manipulação de dados, comercialização de informações privadas e tentativa de transformar o DNA em uma *commodity*. Os mais cordatos concederam que os riscos são grandes, mas os benefícios, ainda que assimétricos, talvez superem os problemas.

Como equilibrar, de um lado, controle individual e privacidade, e de outro, controle social e progresso? Como lembrou um articulista da revista *The Economist* em matéria sobre o tema, indivíduos querem exercer algum tipo de controle sobre o que os outros sabem sobre eles. Por outro lado, sociedades complexas exigem formas mais sofisticadas de controle social. Além disso, o avanço científico demanda informações maciças e detalhadas.

Por hora, a resolução do dilema não parece determinada pela busca do equilíbrio entre interesse público e interesse privado, mas pelo simples fato de que a informação sobre indivíduos tornou-se insumo essencial para vários negócios. Não é difícil imaginar um futuro hiperconectado e hipercontrolado mais próximo do pesadelo orwelliano que da simplória utopia anarquista dos missionários do penico digital. Os bancos de dados com informações pessoais continuarão a expandir. A capacidade de explorá-los continuará a crescer e a se sofisticar. Privacidade talvez se torne no futuro um bem raro e caro: algo que os comuns talvez possam experimentar algumas vezes na vida, visitando uma ilha distante ou um parque temático, cuidadosamente planejado a partir de um banco de dados.

A praga movediça

A pandemia digital toma conta do planeta: de Itajubá a Ulan-Bator, nenhum canto lhe escapa. A hora é chegada: luditas de todo o mundo, uni-vos!

Ano passado em Marituba: frustrado pela demora de um inquérito, um juiz saca a arma e dispara cinco vezes. A vítima sente o ataque: o vídeo esfacela-se em fragmentos de plástico e vidro. Certo de ter liqüidado a demoníaca máquina, o atacante declara aos atônitos interlocutores: "Lavei a alma do povo brasileiro". O ato pode ter sido insano, mas quem nunca teve o impulso de destruir seu microcomputador? Legítima defesa da honra, poderiam argüir os advogados.

Agora o ataque à tecnologia se repete nos domínios de Elisabeth II. Alvo: os irritantes telefones móveis. A divertida vilania, desarmada mas perigosa, foi registrada em vídeo e pode ser vista no *site* www.phonebashing.com. Na primeira seqüência, o palco é um salão de beleza. Em uma cadeira de canto, a moçoila troca futilidades ao telefone. A platéia involuntária se irrita. Então, surgem dois super-heróis e adeus conversa fiada. A folgada esboça reação, mas os audazes desaparecem em desabalada carreira. O aparelho jaz inerte no solo.

Não muito longe, nova missão para os dois impávidos: uma tagarela utiliza seu telefone numa mesa de bar. Então, a mão divina intercede e a dupla dinâmica entra em ação. É o fim da palração. A biltra tenta revidar, mas seus sapatos de plataformas a colocam em desvantagem ante os velozes guardiões dos bons costumes.

Na mesma pérfida Albion, Ideo, uma empresa de design, apresenta sua proposta de reeducação: um aparelho que aplica um choque elétrico quando o linguarudo sobe o tom de voz. Contra a incivilidade, bom humor e alta voltagem.

Em alguns países, os telefones móveis já superam em número os telefones fixos. Em todo o mundo, já são vendidos mais celulares que computadores. Em poucos anos, eles irão também superar as máquinas fotográficas. Crescem alimentando-se de sopa de letrinhas – GSM, SMP, CDMA, UMTS, W-CDMA – e muita tarifa. Engenheiros e missionários da causa vêem planetas de infinitas possibilidades; futurólogos vislumbram utopias democráticas; mercadólogos vêem cifrões, muitos cifrões.

Proprietários de telefones móveis sempre se destacam na paisagem: cinemas, teatros, igrejas, reuniões de pais e mestres, encontros familiares, nada é sagrado. Usado ao volante, a geringonça tem efeito de bebida alcoólica, mas a possibilidade de provocar acidentes parece uma abstração distante para os linguarudos. O fato é que a tecnologia tem sido pensada em benefício dos usuários, mas ignora o mundo ao redor. Talvez sejam as ondas eletromagnéticas, anulando o bom senso.

No trabalho, o impacto dos aparelhinhos é notável. Às vítimas é outorgada a condição de disponibilidade total: 24 horas por dia, 7 dias por semana. Reuniões transformam-se em pregões Bovespa, com trilha sonora de brinquedo a pilha. Executivos tornam-se autistas de tempo integral, zumbis do mundo virtual, o fone ao lado do cérebro, a mente em alguma galáxia distante.

Telefones móveis deveriam ser ferramentas de comunicação, mas o efeito anti-social parece predominar. Multas podem ser usadas para coibir o uso no trânsito, bloqueadores podem ser usados em penitenciárias, mas em espaços abertos a dependência da civilidade é quase total.

Nossa relação com a tecnologia sempre foi ambígua, com fartas doses de fascinação e irritação. Não é diferente com os telefones móveis: utilizamo-los para facilitar nossa vida, mas reclamamos da falta de privacidade. Somos seduzidos pelas possibilidades, mas desconfiamos dos provedores de serviços e reclamamos das tarifas. Gostamos dos serviços que eles viabilizam, mas sentimos um inexplicável mal-estar.

Talvez a praga movediça não seja causa, mas apenas efeito. Antes, a TV já havia instituído o vocabulário de 27 palavras, povoando com clichês e idéias rasas cada conversa fiada do planeta. Então vieram os computadores pessoais, e o que deveria ser ferramenta de produtividade virou catalisador de preguiça mental, transmutando raciocínio em um infinito e estéril "corta e cola". Os telefones móveis são apenas mais uma peça do retorno à caverna de Platão: no lugar da comunicação, induzem múltiplas ligações, diálogos rápidos e fragmentos de frases. A conexão total materializa a ausência permanente, o desterro digital para algum canto obscuro da existência. Talvez seja o momento para a volta dos irmãos luditas.

Incontinência digital

A Internet e outras mídias despejam diariamente *terabytes* de informações inúteis sobre indivíduos e empresas. Uma pequena empresa agora contra-ataca com luzes e cores.

Há quatro anos, o estouro da latrina virtual lançava dejetos sobre as ambições de milhares de jovens empreendedores. Porém, não foi suficiente para demover a geração seguinte do sonho de emancipar-se das idiossincrasias das grandes corporações. Apesar da catástrofe, a receita para criar uma empresa de tecnologia não mudou: tome uma tradicional proveta (a Universidade de Stanford ou o MIT), um indiano especialista em software, uma agressiva administradora de marketing e um jovem com óculos de grife e, presto, surge uma empresa! *Ambient Devices*, um *start-up* de Cambridge, nos Estados Unidos, emula esse perfil, ao qual soma um simpático *website* (www.ambientdevices.com), um time de estrelas consultivas e, principalmente, um "conceito" (palavra mágica, de inegável efeito pirotécnico).

Porém, além do estereótipo, atentem os leitores para o pertinente argumento dos jovens empresários: a avalanche de dados, que chega por Internet, TV, telefone e outros meios, ameaça nos soterrar. Ponto! O excesso neutraliza os sentidos, imobiliza o cérebro e dificulta a decisão. Surge a cognição: ocorre que estamos em permanente estado de alerta sobre o ambiente. Recebemos e somos capazes de processar a informação que nos chega, mesmo que fora de nossa zona de atenção. Segue a proposta: inserir informação em peças que se confundem com a mobília de uma sala de estar ou de um escritório. Entram os produtos: um globo, do porte de uma pequena luminária, que muda de cor conforme a evolução do pregão de ações; um cubo colorido, pouco menor que um tijolo, que alterna tons de acordo com a previsão do tempo – no caso de chuva, uma luz intermitente emite o alerta; uma placa com três indicadores (similares àqueles utilizados nos antigos amplificadores de som), que podem ser ligados em tempo real a indicadores de performance da empresa; e ainda pequenos cata-ventos elétricos, cuja velocidade é proporcional ao volume de negócios e permite, por exemplo, monitorar o desempenho de diferentes times de vendas.

Por trás da simplicidade de leitura funciona uma ampla rede de captação e tratamento de dados. A *Ambient Devices* coleta informações de múltiplas fontes, sobre temas tão variados como o mercado financeiro, as condições para pesca, a previsão do tempo e as condições do trânsito. Após a captação, a informação é filtrada e tratada, alimentando por transmissão remota os mais variados "sistemas ambientais", como relógios, canetas ou o globo e os cata-ventos citados. Apesar de os lançamentos serem recentes, a empresa já tem acordos de licenciamento de tecnologia com gigantes da indústria eletroeletrônica, como Sony e Phillips.

David Rose, o presidente, citado em matéria recente do semanário *The Economist*, afirma que o problema com os sistemas atuais de informação é que eles são intrusivos e fornecem detalhes em excesso. Porém, o que é necessário na maioria dos casos é apenas uma indicação preliminar. A busca do detalhe, quando for necessário, vem depois. O conceito provavelmente soa como música para as vítimas da avalanche informacional. Há pelo menos 10 anos as empresas vêm investindo pesadamente em tecnologia de informação. Fato ou ficção, o "*bug* do milênio" fez com que grandes corporações implantassem novíssimos e caríssimos sistemas empresariais. De implantação complicada e benefício incerto, esses sistemas são poços infinitos de dados, capazes de levar experimentados profissionais a mergulhos profundos e demorados, cujo retorno à superfície nem sempre é garantido.

Por conta dessas e de outras patuscadas empresariais, reuniões de executivos, cujos salários anuais ultrapassam com facilidade os seis dígitos, comumente ganham ares de reuniões de condomínio, um martírio sem nexo ou plexo, com os poderosos comportando-se como parvos observadores de planilhas e gráficos, cujas conexões somente médiuns e seres dotados de poderes paranormais são capazes de descortinar.

As invenções da *Ambient Devices* talvez terminem seus dias como curiosidades de um museu de inutilidades tecnológicas. Porém, mesmo que suas criações se transformem em puros adornos ambientais, os jovens empreendedores terão marcado seu ponto, com o alerta sobre um dos principais dilemas da era digital: a informação inchada e a cognição subnutrida compõem receita certa para a paralisia mental.

PARTE 4

O TEATRO CORPORATIVO

Fetiche corporativo

Para Christopher Grey, da Universidade de Cambridge, a sensação de que vivemos em uma época ímpar de mudanças é fruto de profecia auto-induzida.

CartaCapital alertou. Os amigos avisaram. Nada adiantou. Você sucumbiu. O vôo atrasou e você cometeu um ato de insanidade: entrou intempestivo na livraria do aeroporto e abriu um livro de gestão. "O mundo mudou", gritava o autor nas primeiras linhas. Foi bater os olhos e a velha gastrite se manifestou. Veio o bom senso e você devolveu o livro à prateleira. Mas a curiosidade foi mais forte. A prateleira era longa, os títulos curiosos. Então, o desatino: uma orelha aqui, um prólogo ali, e o mantra repetido à exaustão: "a única constante hoje é a mudança", "sucesso no caos", "revolução empresarial", "a nova economia" (sic!). Santa gastrite.

Trêmulo, suando frio, você seguiu para a sala de embarque. A bordo, nem Françoise Dorleac o salvaria. Seus botões o ameaçavam: Onde você esteve todos estes anos? No Pólo Sul, imitando Amir Klink? Em Machu Picchu, tocando flauta doce? Talvez no Nepal, procurando o sentido da vida e curando infecções intestinais. Ou quem sabe só matando o tempo e vendo a banda passar em algum órgão de governo. Não, nada disso, você esteve apenas trabalhando duro em sua empresa e, como dizem, fazendo acontecer. E não faltaram realizações. Mas nada pode aplacar sua culpa e purgar seus pecados. Você não assinou a *Harvard Business Review*, não fez MBA e desperdiçou os convites para os shows HSM. Agora estava tudo ali, em letras fonte 14, para qualquer um ler: "O mundo mudou".

Será mesmo? Mudança tem sido o que os herméticos chamam de pressuposto. Traduzindo: algo em que se acredita sem pestanejar, que se toma como inquestionável, e que se torna ao mesmo tempo base e justificativa para nossas ações. Todo executivo, consultor e, claro, autor de livro de gestão parecem acreditar que vivemos em uma era única de mudanças. Para completar, emulam o Charles de Galápagos e depositam irremovível fé que a sobrevivência organizacional depende da mudança. "Mude ou desapareça", reza o slogan. Traduzindo: veja a palestra, leia o livro e compre nosso infalível plano de mudança.

Mas há quem discorde. Christopher Grey, da Universidade de Cambridge, no Reino Unido, publicou recentemente na revista *Tamara* um desafio aos missionários da mudança. Grey defende que o discurso da mudança foi transformado em fetiche. O mantra, repetido à exaustão em livros, revistas e seminários, criou um falso consenso sobre o "fato" da mudança. Mas pensar no tempo atual como único alimenta uma profecia auto-induzida. Para começar, o pesquisador desmonta o conceito de que vivemos em um momento ímpar de mudanças. Em seguida, critica os programas de mudança que as empresas implementam para controlar o próprio destino.

Para cada geração, "vinte anos atrás" parece um período estável. O passado parece mais calmo porque o vemos de forma estruturada e racionalizada. Porém, terão sido os anos oitenta e noventa, das privatizações, fusões e aquisições, um período mais turbulento que a Revolução Industrial? Dificilmente. Tome-se o PIB, um bom indicador de turbulência. Terá sido o Pindorama das esquálidas taxas de crescimento dos anos oitenta e noventa mais turbulento que o país que crescia a vigorosas taxas em parte dos anos cinquenta e setenta? Dificilmente.

E os processos que as empresas implementam para fazer frente a essa suposta turbulência ambiental? Como observa Grey, o ponto mais surpreendente desses movimentos é que eles quase sempre falham. Significativamente, a cada nova onda gerencial, os novos missionários explicam por que a onda anterior falhou e demonstram "cientificamente" por que a nova onda vai levar os adotantes aos píncaros da glória corporativa. Frederick Taylor, o "pai do gerenciamento científico", atribuiu as dificuldades de usar seu infalível método a "falhas de implementação". Isso foi há mais de 100 anos. De lá para cá as desculpas não mudaram.

Para combater o fetiche da mudança, é preciso entender a natureza ampla e complexa das transformações. Grey propõe confrontar visões reducionistas, como a de que vivemos em uma economia em rede, com o fato de que parte considerável da população mundial nunca usou um telefone, ou a percepção de que vivemos numa economia eletrônica com o fato de que a maior parte do trabalho ainda é feito em condições insalubres e inseguras. Mas isso é muito difícil encontrar nas livrarias de aeroporto.

Cortina rasgada

Um panfleto francês contra a publicidade também funciona como antídoto para os que sofrem da síndrome do deslumbre corporativo, e por apenas $ 29,99.

A vida corporativa não costuma inspirar romancistas. Passamos 8, 12, 16 horas por dia no trabalho, mas quando se trata de literatura, à exceção dos fabricantes de best-sellers, poucos autores gastam a pena com o assunto. O resultado é que o mundo do trabalho e das empresas virou reserva de mercado para fantasias esotéricas e biografias nauseabundas.

Mas aqui e acolá surgem exceções. Recentemente me chegou, pelas mãos do amigo Heraldo, o curioso *$ 29,99*. E chegou envolto em teoria conspiratória. Lançado há três anos na França, provocou a demissão do autor, Frédéric Beigbeder, que trabalhava há 10 anos na filial francesa da Young & Rubicam.

Octave – o protagonista, duplo do autor – é um redator publicitário. Mora bem, veste-se bem e ganha muito, muito bem. Sua garagem é ocupada por um *roadster* BMW e o nariz raramente se afasta do pó branco. É invejado pelos pares e paparicado pelos chefes, mas é cínico, niilista e detesta seu trabalho. Sua incontinência verbal atinge sua profissão, seus colegas, seus clientes e não poupa nem a si mesmo. Octave é um sucesso, mas vive em crise: escreve para ser demitido, mas acaba promovido.

O livro começa em tom confessional: "Chamo-me Octave e me visto na APC. Sou publicitário: pois é, poluo o mundo. Sou o cara... que faz vocês sonharem com aquelas coisas que nunca vão ter. Céu sempre azul, garotas nunca feias, uma felicidade perfeita, retocada com *Photoshop*... Quando, depois de economizar, vocês conseguirem pagar o carrão tão sonhado..., já o terei tornado fora de moda... Drogo vocês com a novidade... Meu sacerdócio é fazê-los babar. Em minha profissão, ninguém deseja a felicidade de vocês, porque as pessoas felizes não consomem... Estou por toda parte. Vocês não vão escapar de mim... Estão proibidos de sentir tédio, impeço-os de pensar".

Entre as crises, Octave segue à risca os mandamentos do redator de sucesso. Com variações, bem poderiam ser adaptados para outras profissões: (1) esqueça o cliente, quem paga seu salário é seu chefe; (2) se o cliente quer estragar aquela idéia genial, anote tudo o que ele diz e acrescente algumas palmeiras, para poder passar algum tempo se divertindo em alguma paisagem tropical; (3) chegue sempre atrasado às reuniões, não peça desculpas e afirme que só tem três minutos; (4) lembre-se de que as empresas procuram apoio externo porque são incapazes de ter idéias, e justamente por isso invejam e detestam quem as ajuda; (5) quando não tiver se preparado para uma reunião importante, fale por último e costure o que os outros disseram; (6) todos fazem o trabalho da pessoa de cima, por isso os estagiários são os novos escravos, tão descartáveis quanto um *presto-barba*; (7) se um colega lhe mostrar um bom trabalho, desqualifique quanto puder, se o trabalho for muito bom, elogie e diga que está morrendo de inveja.

$ *29,99* não é um bom livro. Panfletário, hiperativo, desigual, cheio de efeitos, escatológico: uma colagem de slogans, grifes e marcas, com edição de videoclipe. Altos e baixos se alternam. Nas piores partes, é fragmentado, pueril e conspiratório: propaganda contra propaganda – poderia ser diferente?

Porém, os pontos altos são saborosos: especialmente as descrições das esquisitices do mundo corporativo. O principal cliente de Octave é a "Madone" (!), "um dos maiores grupos agro-alimentícios do mundo". Alfred Duler, o diretor de marketing, dirige um enorme Mercedes, aterroriza suas gordas assistentes, lê um livro por ano e não encosta na mulher desde 1975. A sala de reuniões da empresa é sinistra e burocrática. O serviço é feito por uma secretária-escrava. As reuniões começam em tom marcial. Segue-se o habitual show de transparências, jargões e conceitos, muitos conceitos. A coreografia é precisa: os executivos – com gravatas com bichinhos – matracam nulidades, os apresentadores revidam com... conceitos e o diretor de marketing bufa. Octave pede desculpas e vai ao toalete ocupar o nariz.

Em algum ponto anota o autor: "Todo escritor é dedo-duro. Toda literatura é delação. Não vejo interesse em escrever livros se não for para cuspir na sopa". O principal é que $ 29,99 pode ter efeito-antídoto: por isso, é especialmente indicado para estudantes de administração e profissionais e que ainda acreditam na vida corporativa, nos livros de gestão, nos MBAs e no Professor Marins.

Falsos profetas

Historiador vai às raízes e ajuda a virar mais uma página da história do *management*. Na mira: os fundadores da Administração e os mitos por eles criados.

Vez por outra, dedicamos mal traçadas linhas aos filibusteiros do *pop-management:* a esdrúxula horda de espertos que ganha a vida vendendo poções mágicas. É longa e saborosa a crônica desta variada fauna e suas viagens lisérgicas em palestras e livros. Mesmo em tempo de vacas magras, não entra estação sem que alguma novidade alucinatória venha aos palcos. Em Pindorama, os queijos do Doutor Johnson continuam em má companhia nas listas dos mais vendidos, o que diz muito a respeito dos autores e de seus leitores.

A apreciação crítica da tresloucada indústria do *management* já rendeu bons livros. Em meados dos anos 90, a dupla do *The Economist*, John Micklethwait e Adrian Wooldridge, avançou pelos portões corporativos com um título forte: *Os Bruxos da Administração: como entender a Babel dos gurus empresariais* (Editora Campus), e uma obra apenas mediana. Segundo os jornalistas, os excessos da área têm três explicações: primeiro, porque a Administração está na adolescência e adolescentes são assim mesmo, instáveis; segundo, porque os executivos querem respostas instantâneas; e terceiro, porque como a astrologia, a Administração é um ímã para charlatões. Mensagem final dos autores: os curandeiros andam exagerando, mas se você souber separar o joio do trigo, tudo vai dar certo. Será?

Um tomo um pouco mais sério, e também mais hermético, ofertou-nos o colega Brad Jackson, hoje professor da Victoria University, na Nova Zelândia. Seu livro *Management gurus and management fashions: a dramatistic inquiry* (Routledge) traz uma investigação profunda sobre os mecanismos por trás da ascensão e da queda das principais modas gerenciais da década de noventa. Jackson utilizou conceitos e abordagens da Sociologia e da Teoria da Comunicação para explicar a gênese e a disseminação de idéias populares em gestão.

Porém, o fenômeno mais interessante dos anos noventa em termos de visão crítica da "gurulândia" foram os quadrinhos de Scott Adams. Com experiência pessoal em cubículos, Adams montou uma fábrica de personagens, livros, franquias e todo o tipo de quinquilharias. Paradoxalmente, *The Dilbert Principle* (Harper Business) termina com as dicas do autor para o sucesso empresarial. Terá o autor contraído o vírus?

Adentramos o novo milênio e a festa perdeu o lustro. Os aviões de carreira continuam trazendo as crias do *cluster* de Boston a Pindorama. Clones locais lutam para achar um lugar ao sol. Porém, uma página foi virada.

Agora nos chega, pela pena do historiador James Hoopes, uma crônica para os novos tempos. O título promete o céu: "False prophets: the gurus who created modern management and why their ideas are bad for business today" (Perseus Publishing). Os falsos profetas em questão não são os canastrões da década passada, como Michael Hammer, Tom Peters, ou Stephen Covey. Hoopes vai às raízes: traz-nos o diabólico Frederick W. Taylor, o odiado pai da "administração científica"; Elton Mayo, o pioneiro charlatão da "escola das relações humanas"; W. Edwards Deming, o ingênuo pai do movimento da qualidade; e, claro, Mister Management, Peter Drucker, que, mesmo tendo fugido da Alemanha, tentou aplicar, sem sucesso, segundo o autor, algumas idéias nazistas à organização de negócios nos Estados Unidos.

O argumento central de Hoopes é que parte considerável de homens e mulheres, que desenvolveram o pensamento administrativo e, portanto, ajudaram a moldar o mundo em que vivemos, tentaram resolver um paradoxo insolúvel: desejamos regimes democráticos, mas quando vamos ao trabalho deixamos nossas liberdades civis na porta de entrada e penetramos em um mundo no qual o poder é irremediavelmente centralizado. Não há poder judiciário independente nas empresas, lembra o historiador. Porém, se queremos empresas competitivas, dinâmicas e lucrativas, temos de admitir certa dose de tirania.

Ao dourar a pílula e tentar tornar a vida organizacional mais palatável, os fundadores do *management* minimizaram de forma irrealista o poder necessário para dirigir uma empresa ou tentaram legitimar moralmente esse poder. O poder gerencial deve ser entendido como um mal necessário em um mundo imperfeito: ser honesto com esse fato simples é honesto e saudável. James Hoopes não escreveu a marcha fúnebre do *management*, mas acertou o tom.

Perdidos no deserto

> Obra recém-lançada conta história épica da transformação de uma das maiores empresas do mundo. Nas entrelinhas o leitor mais atento talvez encontre a materialização de um pesadelo.

As livrarias estão cheias de executivos-celebridades e casos de sucesso: Lee Yaccoca salvou a Chrysler, Jack Welch renovou a General Electric, Lou Gerstner reconstruiu a IBM e Carlos Ghosn reviveu a Nissan. São histórias que servem a muitos propósitos: elas massageiam o ego dos protagonistas, inflacionam salários e ainda rendem dividendos – reais e simbólicos – para as empresas.

Gerentes costumam comprá-las para buscar inspiração e referências para o pedregoso caminho do sucesso. Porém, aqueles que viveram os bastidores dessas fábulas sabem bem o fosso que costuma separar a ficção do fato. Ao escrever obras dessa categoria, os escribas contratados parecem reproduzir sempre o mesmo roteiro. O resultado é puro déjà vu: quem leu uma, leu todas. O efeito é calculado: como tomar pílulas de credulidade. Ao se nutrir com doses mensais, o leitor vai adquirindo uma visão otimista, embora não muito realista, da vida empresarial.

Agora nos chega *To the desert and back*, com o hiperbólico subtítulo de "a estória de uma das mais dramáticas transformações nos negócios já registrada". Com esse livro, o trio formado por Philip Mirvis, Karen Ayas e George Roth leva a ficção empresarial a novas alturas, ou ao centro da terra.

Sobe a cortina. Cenário: uma megacorporação global de 66 bilhões de dólares. Cena 1: crise na divisão de alimentos. Destino provável: o fechamento ou a venda. Surge o herói; seu nome parece extraído de um *spaghetti western*: Tex Gunning. O *cowboy* toma o palco, avança contra os céticos e realiza o impossível. Resultado: a divisão de alimentos é revigorada e passa a crescer vigorosamente ano após ano.

To desert and back parece uma história trivial, mas não é. Na recuperação da divisão de alimentos, o *cowboy* Tex e seus asseclas parecem ter se inspirado em Shakespeare: "A vida toda é um palco e somos todos atores". Ao tomar como premissa que todo trabalho pode ser visto como uma performance artística, eles incorporaram ao processo de mudança efeitos dramáticos e todo o tipo de pirotecnia emocional.

Os negócios vão mal? Crie um clima de suspense, pegue seus funcionários e leve-os até um gigantesco armazém com produtos em decomposição. Faça-os sentir os fétidos odores da putrefação enquanto contabilizam o prejuízo. Depois, induza-os a assistir em atitude fúnebre ao "enterro" de 4,5 milhões de euros de estoque inútil. Conflitos no ar? Leve seus gerentes para um monastério e faça-os encontrar com Deus e reconhecer uns aos outros. Não esqueça de projetar melodramas hollywoodianos e estimular a catarse. Hora de comemorar? Junte seus líderes e leve-os até o deserto do Sinai. Organize uma caravana com 200 camelos, cruze a paisagem lunar e faça-os trabalhar ao redor de fogueiras e dormir em tendas. Garanta que eles se sintam como Lawrence da Arábia. Depois os reúna em ruínas milenares, dose a luz e solte a emoção.

O *cowboy* Tex é personagem complexo, quiçá sincero, capaz de habitar sem dificuldades a Disneylândia e Las Vegas, a Broadway e a Wall Street. Seu criador parece ter entendido a essência da administração na Era do Espetáculo. Ele não escreveu o roteiro, não inventou os personagens ou desenvolveu os efeitos especiais; mas juntou com sensibilidade todos os componentes e dirigiu um espetáculo de final incerto. Não é pouco. Com seus rituais, sua retórica e seu jogo de cena, o show cooptou corações e mentes.

O pesquisador Henry Mintzberg talvez classificasse a corporação do *cowboy* Tex como "organização missionária": fascinante, porém, uma ameaça apreciável de violação dos direitos humanos (semelhanças com a revolução da cultura chinesa podem ser mais que mera coincidência). O psicanalista Kets de Vries talvez utilizasse o termo "organização dramática", um tipo neurótico caracterizado pelos excessos emocionais e pelo pendor para extravagâncias.

Tex Gunning e sua trupe construíram uma história de sucesso, transformando matéria simbólica em dividendos financeiros. Sua obra representa o espírito da época. *To the desert and back* a registra em tom triunfalista. Ao avançar pelo deserto para comemorar seus feitos, o *cowboy* Tex pode ter conquistado definitivamente os corações e as mentes de seus liderados. Pode também ter condenado suas almas a penar indefinidamente pelo Wadi Rum: o Vale da Lua.

Espelho partido

A investigação sobre o desastre da Columbia revelou uma burocracia insular, ineficaz e arrogante, a buscar objetivos questionáveis em condições operacionais temerárias.

Aos nove anos de idade assisti, sonolento e entediado, a certo Armstrong, com roupa de escafandrista, passear por um deserto distante e levantar poeira cósmica. A paisagem era desoladora, a imagem péssima e a ação enfadonha. Porém, uma aura de frisson fabricado envolvia a breve marcha. Parecia ser algo importante, embora ninguém a meu redor soubesse explicar com exatidão o porquê. Entre explanações pseudocientíficas, odes à tecnologia e bobagens diversas, uma pérola grudou na memória. Tão aborrecido quanto eu, um vizinho de robusto perfil e sotaque de além-mar disparou com a segurança de quem já viu de tudo na vida: "É coisa de Hollywood: tudo truque de espelho". Passaram três décadas até que este escriba finalmente atinasse para a profundidade metafórica das palavras do sagaz pirrônico.

No dia primeiro de fevereiro de 2003, a nave Columbia desintegrou-se sobre os Estados Unidos. A investigação sobre o acidente envolveu 25.000 homens na busca de destroços, análise de 30.000 documentos, centenas de entrevistas e 7 meses de trabalho. No final de agosto, a comissão independente divulgou seu relatório. A causa do acidente foi determinada: uma placa de isolamento soltou-se durante a brutal aceleração do lançamento e atingiu a asa esquerda da nave, abrindo uma fenda de aproximadamente 25 centímetros. O calor gerado pela reentrada na atmosfera penetrou pela greta e consumiu-a por dentro, levando à perda de controle e à implosão da nave. Destroços foram espalhados por diferentes Estados americanos. Sete cosmonautas perderam a vida. Milagrosamente, ninguém em terra foi atingido.

O acidente poderia ser evitado? O relatório leva a crer que sim. O problema com a placa de isolamento fora detectado no vídeo que registrou o lançamento. Caso tivesse sido reconhecido como uma ameaça à segurança do vôo, uma segunda nave poderia ter sido enviada para resgatar a tripulação. Segundo a revista britânica *The Economist*, a NASA deixou de reconhecer nada menos que oito oportunidades para investigar o problema. Diferentes áreas, nos andares inferiores da hierarquia, sugeriram fotos e inspeções. Porém, o sistema gerencial falhou e as castas superiores resistiram a considerar cada nova informação apresentada.

William Langewiesche, em longa matéria para a revista americana *The Atlantic Monthly*, observou que a investigação revela uma burocracia complacente, insular e arrogante. O acidente não foi um erro de engenharia, mas um problema de gestão. Para o jornalista, a NASA é uma burocracia adolescente, na qual a informalidade e a camaradagem desapareceram, e novos sistemas ainda não foram colocados em operação para prover sustentação à organização. Na superfície, fala-se em trabalho em times e portas abertas. Na prática, existem linhas hierárquicas invisíveis e a comunicação é truncada. Fechados em uma cultura auto-referenciada, engenheiros e técnicos competentes comportam-se como habitantes da caverna de Platão, ensimesmados a ponto de se tornarem incapazes de adquirir perspectiva crítica sobre seu próprio trabalho. Significativamente, Sean O'Keefe, o chefão da Agência, nunca reconheceu publicamente os erros cometidos.

Ainda mais graves que os problemas organizacionais são as questões estratégicas: a necessidade de atender a muitos interesses ao mesmo tempo, a falta de direção e o próprio conceito de *space shuttle*. Embora voem há duas décadas, eles ainda são veículos experimentais: "coleções de acidentes prontos para acontecer". Colocar homens e mulheres em órbita é um grande show – um verdadeiro truque de espelho – porém custa caro demais, é arriscado demais e, segundo especialistas, desnecessário. Muito mais econômico, seguro e racional seria utilizar vôos não tripulados e alocar os vastos recursos da agência americana para a investigação de novas fronteiras.

Organizações são sistemas complexos, que necessitam de direção clara, modelos de organização e gestão adequados, pessoas competentes e uma cultura saudável de trabalho. Desconsidere um desses componentes e o resultado é o desenvolvimento de patologias. As semelhanças entre o desastre da Columbia e as situações empresariais corriqueiras são mais que mera coincidência. As lições da investigação são valiosas tanto para os que olham para o espaço quanto para os que gerem negócios mais prosaicos em terra.

A carroça e os cavalos

Pesquisa científica coloca em dúvida a noção de que funcionários satisfeitos contribuem para que a empresa chegue a níveis mais altos de desempenho.

Algumas empresas são vítimas de depressão crônica: seus funcionários vagam pelos escritórios e fábricas como almas penadas, desinteressados do mundo ao redor, a contar os minutos para o fim do dia e a aguardar os finais de semana. Uma sombra parece dominar o ambiente. O comportamento é de nau à deriva, à mercê dos eventos, sem capacidade de definir um rumo. Em tempestades ou calmarias, domina a coletividade um estranho amálgama de sentimentos de culpa, inadequação, falta de motivação, e uma incapacidade crônica para tomar decisões.

Na falta de bons psicólogos e psicanalistas, hordas de charlatães vêm aproveitando-se da patologia e transformando receitas duvidosas em boa fonte de lucros. O Prozac corporativo tem um princípio ativo simples – a molécula mágica "motivação" – e posologia variada, que pode incluir palestras pirotécnicas, treinamentos de sublimação, incentivos pífios e slogans de ocasião. O resultado é duvidoso e pode provocar efeitos colaterais, como os comportamentos de fachada e o aumento do cinismo. Mesmo assim, o show não pode parar.

Diante de pequenas e grandes catástrofes, os advogados dessas fúteis iniciativas alegam "falhas de implementação" e recitam um dogma sagrado da "ciência" da gestão de pessoas: "funcionários felizes são mais produtivos e levam a empresa a patamares superiores de desempenho". Do que se deduz que empresas que cuidam melhor de seus colaboradores colhem os frutos com maiores receitas e margens mais saborosas. Em suma: tratar bem a patuléia traz bom retorno sobre o investimento.

Entretanto, uma pesquisa recentemente publicada no *Journal of Applied Psychology* sugere que talvez estejamos colocando a carroça à frente dos cavalos. Benjamin Schneider, Paul Hanges, D. Brent Smith e Amy Salvaggio, da Universidade de Maryland, estudaram 25 empresas, classificadas entre as mais admiradas dos Estados Unidos, por um período de oito anos. Essas organizações fazem parte de um grupo que realiza pesquisas anuais de atitude com seus funcionários. A cada ano, mais de 10.000 funcionários são ouvidos. A pesquisa inclui vários tópicos relacionados ao nível de satisfação com remuneração, benefícios, segurança e com o próprio trabalho. O foco da pesquisa é entender a relação entre a satisfação dos funcionários e o desempenho financeiro da organização.

A partir dessa base, os pesquisadores tentaram correlacionar a influência do nível de satisfação com a do nível de desempenho das empresas. Se essa hipótese fosse comprovada, isso confirmaria o senso comum: funcionários felizes contribuem para o bom desempenho de suas organizações. De forma surpreendente, não foi o que a análise estatística mostrou. Ao contrário, o que se constatou é que o alto desempenho da empresa é que torna os funcionários mais satisfeitos. Por que isso ocorre? Primeiro, porque trabalhar em uma empresa que tem bom desempenho é por si só um fator de satisfação, especialmente se para o indivíduo isso significar fazer um "trabalho bem feito", que tenha propósito claro e traga benefício tangível. Segundo, porque empresas bem-sucedidas criam mais chances de carreira e tendem a recompensar seus funcionários melhor que empresas de baixo desempenho.

Como observa Christian Kiewitz, da Universidade de Dayton, ao comentar a pesquisa, os resultados não sugerem que se deve trocar a velha máxima – "funcionários felizes fazem empresas de alto desempenho" – por uma nova – "empresas de alto desempenho fazem funcionários felizes". A realidade é que a relação entre satisfação no trabalho e desempenho é mais complexa que as bulas dos livros de auto-ajuda. Pode-se de fato estimar que a relação entre as duas variáveis – satisfação e desempenho – é circular: uma interfere na outra.

Portanto, os trogloditas devem refrear seus ímpetos homicidas. Talvez não tenha ainda chegado a hora para fazer arder em chamas os programas de qualidade de vida no trabalho e decapitar o diretor de recursos humanos (não por esse motivo). Por outro lado, o resultado traz um alerta para os viciados em Prozac corporativo: se o desempenho não for adequado e o trabalho não for realizado de forma eficaz e eficiente, não há cenoura, palestra do professor Marins ou livro do Spencer Johnson que ajudem. Como se sabe, a motivação é o substituto pobre para a falta de sentido.

Dilemas da vida dupla

Gerenciar diferentes modelos de negócio dentro da empresa é um desafio que pode gerar conflitos e destruir valores, ou levar grandes organizações a se reinventarem.

Recentemente, o Centro de Estudos de Varejo da FGV-EAESP promoveu um seminário com o sugestivo título "Conhecendo o consumidor de baixa renda". Para grandes corporações, principalmente aquelas "viciadas" em desenvolver e vender produtos para a classe média, o tema vem ganhando status de nova fronteira. Porém, muitas das iniciativas dessas empresas para responder às marcas populares ou para entrar no segmento de baixa renda esbarram em falta de competências e em resistências internas. De fato, vender para os estratos sociais de menor poder aquisitivo exige mudanças capitais: primeiro, é preciso conhecer o consumidor; segundo, é preciso rever estratégias, sistemas e, principalmente, reduzir custos. Em suma, é necessário abrir os olhos para uma nova realidade e romper com os usos e os costumes vigentes.

No centro das mudanças situa-se um dilema: a empresa deve criar uma nova unidade de negócios, totalmente voltada para o segmento-alvo, ou deve manter a gestão integrada à estrutura existente? A tendência de algumas empresas é criar uma unidade separada. Essa solução provê foco e independência à iniciativa, porém, multiplica custos e coloca em risco a identidade corporativa. Além disso, pode criar um competidor e levar a destruir o valor do negócio principal. Outras empresas preferem manter o novo negócio integrado ao antigo. Essa abordagem reduz os problemas mencionados, porém, eleva o risco de sufocar a nova iniciativa dentro da estrutura mais conservadora existente.

A história empresarial traz inúmeros casos de fracasso e de sucesso. Em 1992, a IBM lançou a marca de PC Ambra para competir com os clones de baixo custo. Alguém se lembra? Ainda nos anos noventa, a British Airways lançou a GO e a KLM lançou a Buzz para enfrentar os concorrentes "populares". Nenhuma das iniciativas foi adiante. Por outro lado, empresas como a Intel (com o chip Celeron) e a SMH (com a linha de relógios Swatch) foram bem-sucedidas. O que faz diferença?

Em um artigo ainda inédito, Constantinos Markides e Constantinos D. Charitou, da London Business School, argumentam que o "dilema da vida dupla" deve ser analisado à luz de duas variáveis: o nível de conflito entre os dois modelos de negócios e a similaridade estratégica entre os mercados. Se o nível de conflito é alto e a similaridade estratégica baixa, a solução é separar os negócios. Por outro lado, se o nível de conflito é baixo e a similaridade estratégica alta, então a solução é a integração dos negócios.

Observe que mesmo se optando pela separação, deve-se buscar formas de explorar recursos comuns, como marca, competências, sistemas e capacidade financeira. De maneira análoga, mesmo se optando pela integração, deve-se proteger o novo modelo da interferência excessiva, que ocorre na busca da homogeneização de padrões e processos.

Porém, como ficam as situações intermediárias? Com base em um amplo estudo de campo, os pesquisadores identificaram mais duas outras possibilidades. A primeira delas ocorre quando o novo mercado é similar ao existente, mas o nível de conflito interno é alto. Neste caso, é aconselhável a separação por algum tempo, para depois se promover uma fusão. É o casamento programado, depois de algum tempo de namoro. A segunda possibilidade ocorre quando o novo mercado é diferente do existente, mas o nível de conflito é baixo. Neste caso, é aconselhável aproveitar as competências existentes na empresa para, em um segundo momento, pensar na separação, com a criação de uma unidade independente. É o divórcio programado, no qual os cônjuges têm tempo para reorganizar suas vidas. Qualquer que seja o desenlace, empresas bem-sucedidas buscam estabelecer o equilíbrio entre isolamento e cooperação, de forma a garantir liberdade e maximização de recursos.

Note o leitor que o dilema da vida dupla não afeta apenas empresas de bens de consumo, que buscam vender para clientes de baixa renda. Ele pode também se manifestar em bancos, oferecendo atendimento diferenciado para clientes de alta renda; em grandes empresas de infra-estrutura, respondendo aos desafios de empresas menores; e em companhias de transporte aéreo de passageiros, reagindo ao avanço aos concorrentes de baixo custo. Como se vê, conhecer o consumidor, de baixa renda ou qualquer outro, é o primeiro passo de um longo trajeto.

Democracia corporativa

> Trabalho científico sugere que é possível e desejável trazer práticas democráticas para o autocrático mundo corporativo.

Final dos anos 1970: momento de muitos coturnos e pouca luz. Em um campus universitário de vastas proporções e pouca inteligência, uma jovem de cabelos em desalinho me entrega um "kit-revolução". "Pelas Liberdades Democráticas!", grita o tosco panfleto. A prosa e o verso constituem marca registrada da algaravia engajada: citações de Trotski, loas a Tito, desacatos ao generalato e defesa incondicional da nobre causa democrática.

Início dos anos 2000: Pindorama é (nominalmente) uma democracia, assim como parte considerável do mundo. Pequenos déspotas perduram aqui e acolá, a assolar indefesos. Pesquisas revelam que os latino-americanos não andam muito felizes com suas democracias bananeiras. A estapafúrdia classe política, a incompetência administrativa, a corrupção e a estagnação econômica alimentam nostalgias. Mas mesmo que apedeutas, patifes e trapalhões se insinuem pelos três poderes, não há como negar que os rituais democráticos avançaram.

Entretanto, se no espaço público florescem as liberdades, dentro das empresas os velhos modos autocráticos continuam firmes e fortes. Por quanto tempo não se sabe. No mundo corporativo, o argumento pelo uso de princípios democráticos não é moral, mas instrumental: mais democracia significa mais alinhamento de esforços, mais comprometimento, mais transparência e menos conflito. Empresas que envolvem seus funcionários nos processos decisórios tornam-se mais eficientes, inovadoras e competitivas.

A "democratização" do mundo corporativo também pode ter um papel educativo. Passamos parte considerável de nossa vida dentro de organizações: seus valores ajudam a moldar nossas atitudes e comportamentos. Ambientes organizacionais abertos ensinam a compreender conflitos, a entender pontos de vistas diferentes, a argumentar e a desenvolver soluções de consenso. Por outro lado, ambientes organizacionais fechados levam os indivíduos a desenvolver visões simplistas da realidade e a exportá-las para a vida social. Poucos executivos têm coragem de se declarar contra regimes democráticos. Entretanto, na prática a teoria é outra: muitas organizações continuam sendo geridas com poder centralizado e pesadas estruturas hierárquicas.

Em um artigo científico inédito sobre democracia corporativa, Gjalt de Jong, da Universidade de Groningen, e Arjen van Witteloostuijn, da Universidade de Durham, relatam o caso do Grupo Breman, um conglomerado holandês de construção e engenharia, formado por 25 empresas. No centro do modelo está o balanço de poder entre o capital (acionistas) e o trabalho (funcionários), equilibrados por intensa comunicação interna e um processo democrático de tomada de decisão.

A partir dos anos 1970, os dirigentes do Breman desenvolveram um sistema único de governança. Uma associação de funcionários fomenta a participação de seus afiliados na organização e supervisiona a distribuição dos lucros. No lugar da holding, um braço financeiro – o Brebank – aprova as decisões estratégicas. Seu conselho tem três membros: um representante dos acionistas, um representante dos empregados e um diretor independente, indicado pelos dois primeiros. Um conjunto detalhado de regras de tomada de decisão dá forma à gestão. Cada uma das 25 firmas tem um processo de eleição, mediado por um conselho de trabalho, que também indica a diretoria executiva da empresa. Decisões relevantes exigem aprovação da diretoria executiva e do conselho de trabalho.

De Jong e van Witteloostuijn crêem que o modelo do Grupo Breman ajuda a explicar o sucesso da empresa. Esse modelo incentiva o aprendizado contínuo e a adaptação, estimula o comprometimento da força de trabalho e fomenta a operação em rede, a qual, por sua vez, estimula a solução rápida de problemas e a inovação. Três conclusões emanam do caso: primeiro, que é possível trazer princípios democráticos para o mundo corporativo; segundo, que a iniciativa não é fácil ou simples e exige modelos próprios de governança e gestão; e terceiro, que o impacto no desempenho é positivo.

A democracia corporativa não é uma transposição direta da democracia política. Muitos princípios democráticos não têm tradução nas corporações. Ainda assim, como afirmam os autores, a vida em uma empresa como o Grupo Breman é substancialmente diferente da vida em uma empresa "normal".

PARTE 5
O TEATRO ACADÊMICO

PARTIE 5

Decadência sem elegância

> Em Pindorama, alguns campi universitários são ilhas congeladas no tempo, habitadas por autistas de ocupação incerta e retórica afiada.

Os meses de janeiro e fevereiro ainda guardam um ritual anacrônico: pelas ruas da cidade, pequenos grupos deslocam-se entre carros, amealhando trocados dos motoristas. Pelo resto do ano o espaço é reservado a outras tribos: crianças, malabaristas e excluídos de variadas estirpes. No ápice do verão lhes tomam a vez os incluídos em cursos de nível superior. De rostos pintados e cabeças raspadas, transbordam euforia. Soubessem o que lhes prepara o futuro, talvez trocassem o regozijo pela aflição. Se o caso for de uma universidade privada, reserva-lhes o destino o papel de clientes de estabelecimentos que se moldam mais e mais à moda *fast-food*, com conteúdos duvidosos para consumo rápido em salas lotadas. Porém, se o eleito houver logrado vencer a maratona por uma vaga em universidade pública, então outra queda o aguardará.

Nestes tempos de modernidade pirotécnica, de pouca substância e muitos efeitos especiais, visitar uma universidade pública é viajar no túnel do tempo rumo a uma ilha de deterioradas fantasias. Este universo em decomposição lenta e certa, que vive por regras próprias e com recursos de terceiros, tornou-se o reino da inércia e da ausência do desejo. Em alguns campi de Pindorama, o concreto carcomido convive com o mato crescido e as árvores abandonadas. Nas entranhas dos prédios, a luz de padaria ilumina divisórias apodrecidas e as portas gemem e rangem como em tugúrios de uso incerto. Pelos cantos, funcionários de muitos direitos e poucos deveres contam minutos enquanto sorvem quantidades industriais de café. Indeléveis sinais de abandono saltam de cada detalhe: a impressora claudicante, o telefone encardido, a mesa a transbordar fichas e carimbos, os semblantes desmaiados dos habitantes.

Aos olhos do viajante do tempo não passará despercebida a feirinha de livros, que sobrevive intacta há décadas. Se alguma obra foi vendida, outro exemplar em idêntico estado de decomposição decerto lhe tomou o lugar. A lista continua imutável: Neruda, Castañeda, Hesse, Reich, Marx e Engels. A novidade é barraquinha de miçangas. Amparado por uma coluna, o casal de vendedores transpira Arembepe: a oriental de bata a caçar malófagos nas madeixas do companheiro de olhos injetados.

Fui introduzido ao "maravilhoso" mundo universitário no final dos anos setenta. A distância tudo exalava ciência, saber e sofisticação. O deslumbre durou alguns meses. Aturdido pela inépcia e pelo desinteresse dos primeiros mestres, ensaiei fuga para outros destinos, tão-somente para descobrir arapucas ainda maiores. Constrangido, reconheci minha condição de extraterrestre, recolhi esperanças e expectativas e optei pelo martírio até a última obrigação. A viver em trincheiras, quase sucumbi a professores salazaristas, funcionários sindicalistas, capiaus e botocudos movidos a jogos de truco e vinhos de São Roque. Foram cinco anos de marasmo científico e deserto cultural. Entrementes, nos centros acadêmicos, aguerridos colegas dissecavam o grande dilema daquela geração: deveria o povo tomar o poder pelas armas ou pelo voto?

O ponto alto do período veio pela desastrada ação política de um governador de Estado, que ao intervir na andrajosa política universitária, uniu a variada fauna contra si.

Seguiram-se semanas de lazer e diversão: de dia, assembléias e atrações musicais; ao entardecer, passeatas e comícios. À festa não furtou presença o emergente líder operário, vindo diretamente do mundo dos tornos e prensas para emprestar autenticidade à luta. Assistimo-lo em silêncio sepulcral, dominados por indescritível frisson.

Do ritual de colação de grau não pude escapar, porém, a insossa festa de formatura substituí satisfeito por um dia de praia. Encerrei a vida universitária consciente de muitas derrotas e uma única vitória; a emular Mark Twain, eu não havia permitido que o período passado na escola tivesse interferido em minha educação. Retornei à *alma mater* em diversas ocasiões e diferentes condições. Nessas breves visitas, conversei com pesquisadores sérios, encontrei alunos interessados e conheci trabalhos promissores. A cada visita, procurei contrapor as velhas lembranças com as novas impressões, mais positivas e otimistas, como se o pequeno oásis de esperança que acabara de contatar fosse capaz de espalhar-se pelo território irreversivelmente degradado que o cercava.

MacDô: a revanche

Um defensor da "universidade mercantil" exalta o modelo e vaticina: um dia todas as outras vão aderir.

"O sonho do ensino público, gratuito e de bom nível está ameaçado. Uma política deliberada de privatização, colocada em marcha desde os governos militares, continua. O movimento histórico por um ensino superior 'democratizante' corre o risco de derrota. O novo modelo da 'universidade de serviços' e da 'pesquisa de resultados' levará à destruição de uma das conquistas democráticas mais importantes da modernidade: a dimensão pública da pesquisa. A transformação das universidades públicas em shopping centers beneficiará os estratos sociais mais altos em detrimento das aspirações por uma sociedade justa e igualitária."

Com nuanças de conteúdo e variações de tom, o discurso acima vez por outra regurgita nas barrocas discussões sobre o ensino superior brasileiro. No pólo oposto do ringue maniqueísta costuma estar a universidade mercantil: a besta fera do debate. Fruto da proliferação das instituições privadas e da "macdonaldização" do ensino, a universidade mercantil é acusada de gerenciar o ensino à moda *fast-food*. Ibrahim Warde, da Universidade da Califórnia, em Berkeley, afirma que as universidades mercantis constituem um novo modelo, com faculdades e departamentos que "estudam dinheiro, atraem dinheiro e ganham dinheiro", a alinhar de forma inconseqüente conteúdos e valores com a lógica de mercado. Nesta nova *rationale*, os professores atuam como *entertainers* e empreendedores, a divertir suas platéias e buscar a maximização de seus ganhos.

Escrevendo em edição recente da revista acadêmica *Eccos*, do Centro Universitário Nove de Julho, Adolfo Ignacio Calderón, professor da Universidade de Mogi das Cruzes, faz um contraponto interessante e articulado aos detratores da universidade mercantil. O autor explica que não é uma "conspiração neoliberal privativista" que faz com que ano a ano o ensino superior privado cresça enquanto o ensino público definha. No tabuleiro de forças políticas há muitos outros atores, inclusive a própria população. Para Calderón, o sistema público existente é insustentável do ponto de vista financeiro. E não se trata somente de falta de verbas, mas de formas ultrapassadas de gestão e de desperdício crônico de recursos. O resultado é visível: professores mal remunerados, deterioração das instalações, dificuldades para contratar docentes, estagnação do número de vagas oferecidas e pesquisa insipiente. Paradoxalmente, os magros resultados na frente científica convivem com um regime de dedicação integral.

Ciente de que as estruturas existentes agem como freio para a mudança, Calderón recomenda a neutralização do corporativismo pela via da reforma gerencial e da intervenção cultural, com a profissionalização de funções-chave a atuar como freio às descontinuidades e à subordinação da estrutura às aspirações de momento dos líderes. Para complementar, sugere a adoção de práticas mais profissionais de gestão de quadros, de forma a garantir nível adequado de desempenho. Além de uma reforma estrutural no modelo de gestão, o autor defende a diversificação das fontes de financiamento, o que pode incluir cobrança de mensalidades e oferta de cursos de educação continuada, pesquisas aplicadas, assessorias e consultorias.

O credo da eficiência gerencial, com seus programas de controle de custos, estruturas profissionalizadas de gestão e proximidade com o setor privado, costuma gerar arrepios entre os mais ortodoxos. O fato é que essas mudanças já estão em curso, não pela via clara da discussão e do planejamento, mas, por serem os temas polêmicos e o consenso improvável, pelas sombras e pelos subterrâneos. O que vem pela frente? Calderón sugere que o modelo mercantil vai prevalecer elitista e custeado pelos próprios usuários. O que ocorrerá com as universidades públicas? Em algum momento se transformarão em novas universidades mercantis.

Ver a universidade pública retratada como instituição arruinada e ouvir prognósticos sobre o desaparecimento do modelo podem chocar os leitores mais sensíveis. Porém, basta uma rápida visita em um campus de universidade pública para constatar sinais de avançado estado de putrefação. Por outro lado, se o visitante seguir caminho rumo a uma universidade mercantil, a sensação será de embrenhar-se em um curioso híbrido, fruto de um *ménage à trois* entre uma linha de montagem, um shopping center e um hotel de duas estrelas. Haveria alternativas?

Ciência atrofiada

Se a Medicina estivesse no estágio de desenvolvimento da Administração, continuaríamos sendo devastados por pestes inexplicáveis e não viveríamos mais do que 30 anos.

Quando se trata da evolução do conhecimento científico, há razoável consenso sobre a notável evolução da Medicina. A pesquisa nesta área funciona como uma poderosa máquina, com as universidades e os centros de pesquisa dos países desenvolvidos à frente. Nas principais conferências científicas, descobertas e avanços são apresentados e discutidos. No front empresarial, a indústria farmacêutica investe somas estratosféricas em pesquisa e desenvolvimento, gerando patentes e viabilizando o lançamento de novos medicamentos. Os impactos são evidentes: doenças antes devastadoras foram controladas, a mortalidade infantil foi reduzida e a expectativa de vida foi prolongada. Se mais não foi realizado, isso se deve a políticas públicas e à gestão de recursos.

Agora, imaginemos que todo esse complexo sistema tivesse evoluído de outra forma. Nos congressos – sempre realizados em *resorts* 5 estrelas – os cientistas mostrariam os efeitos das doenças, sem discutir causas ou propor tratamentos. As mesas-redondas seriam dedicadas a exercícios de erudição sobre questões óbvias, como a importância de lavar as mãos antes das refeições. Fechariam o evento cumprimentando-se pelo vigor do campo e premiando os melhores trabalhos. Para atestar sua superioridade intelectual e valor para a sociedade, publicariam seus trabalhos, herméticos e elípticos, em revistas de grande prestígio e irrisória circulação. Então, uns leriam os trabalhos dos outros e se felicitariam pela sofisticação e criatividade.

A indústria farmacêutica, por sua vez, não faria investimentos em pesquisa e desenvolvimento. Para preencher o vazio, fabricaria elixires de efeitos duvidosos e lucros certos. Finalmente, a prática médica seria dominada por místicos e charlatões, que venderiam poções mágicas e alardeariam seus "poderes de cura". Por conseqüência, a taxa de mortalidade infantil manteria níveis estratosféricos e a perspectiva de vida seria próxima de 30 anos. A qualidade de vida também não seria grande coisa, pois seríamos ainda mais frágeis e sujeitos a morrer ao contrair gripes e pequenas infecções.

Salvo imperfeições, comuns a qualquer analogia, esse é o caso da ciência administrativa. Na América do Norte, na Europa e em Pindorama a comunidade de pesquisadores em administração se conta aos milhares, massa similar à de outras ciências mais antigas e consolidadas. Porém, a contribuição para o chamado "bem comum" é pouco evidente. Nos Estados Unidos, sobram desabafos sobre o impacto marginal que o conhecimento gerado na academia tem sobre a prática gerencial. Paradoxalmente, é esse "modelo de inutilidade" que está sendo copiado na Europa e em Pindorama.

Com a montagem de "fábricas de artigos" pelas principais escolas de Administração, os índices de "produtividade acadêmica" sobem. Já o impacto sobre a prática gerencial permanece praticamente nulo. Tomem-se, por exemplo, as listas dos livros de negócios mais vendidos: algum vestígio da academia? Traços, talvez. Pior: o que se encontra nas listas é uma literatura "pastel de vento", produzida e consumida em ritmo de *fast-food* por executivos ávidos por panacéias e resultados rápidos.

De fato, executivos e pesquisadores são seres de planetas diferentes. Acadêmicos vêem pesquisas como investigações profundas, de longo prazo, voltadas para questões fundamentais do conhecimento gerencial. Executivos querem pesquisas que expliquem sua realidade, que tragam boas idéias, que dêem soluções práticas e que sejam escritas de forma clara e objetiva. Porém, em certos pontos, ambos concordam: pesquisas relevantes devem ter objetivos claros, ser inovadoras, revelar problemas não percebidos, desafiar o conhecimento estabelecido, ser passíveis de generalização, fazer recomendações baseadas em dados reais e trazer idéias novas.

Se há terreno comum, como unir tão distintos povos? No último número da revista *The Academy of Management Executive*, Eric W. Ford e colaboradores argumentam que para isso é necessário construir parcerias duradouras entre pesquisadores e executivos, sustentadas por suas respectivas instituições. Dada a condição de competição e a importância da inovação, apenas executivos e pesquisadores míopes e arrogantes não se interessariam pela cooperação. Resta saber quantos deles temos em Pindorama.

Verão em Seattle

> Todos os anos, em agosto, o maior encontro científico da Administração sinaliza mudanças no maravilhoso mundo do *management*.

Num mundo de crises e de convulsões, a vida acadêmica pode parecer um oásis de paz e tranqüilidade, com pesquisadores dedicados e descobertas revolucionárias. Mas um mergulho no gueto pode quebrar o encanto. Ali o visitador talvez descubra um universo em decomposição: burocratas carcomidos, recursos desperdiçados, idéias apagadas e pesquisas inúteis. Quando o intruso não se deparar com as trevas, talvez seja ofuscado por um estranho jogo de luzes e espelhos. Aqui e acolá a ciência se tornou uma poderosa instituição, uma estranha torre de marfim, sempre ávida por celebrar seus feitos e coroar seus príncipes.

Assim é com as ciências exatas, assim é com as ciências biológicas, assim é com a Administração: ao norte do Rio Grande há milhares de PhDs investigando fenômenos, desenvolvendo teorias e viabilizando novas práticas, ou quase isso. Em outros cantos do sofrido planeta os números são mais modestos, mas crescem em ritmo de clonagem em massa. A cartilha seguida é a da "ciência normal": a Administração, em busca de legitimidade, emula as práticas da Biologia, da Química e da Física. Aqui e ali desviantes seguem trilhas alternativas, pelas mãos da Antropologia, da Sociologia e das artes. Por hora, os jovens turcos são apenas tolerados.

Uma vez por ano, fiéis e infiéis seguem até a pátria mãe do *management* para rituais de congraçamento: o encontro anual da Academy of Management. Não, caro leitor, não me refiro aos megaespetáculos circenses que reúnem os gurus e as hordas executivas de aduladores. Na Academy, a pirotecnia é repudiada e os gurus são de outra sorte.

O Academy of Management Meeting é o maior e mais importante evento científico do mundo da Administração. Os números impressionam: 5.000 inscritos, quase 1.200 sessões. O centro nevrálgico é a apresentação de trabalhos. Afinal, o tema da profissão é "publish or perish" (publique ou desapareça). De estratégia a espiritualidade, de recursos humanos a *gay management:* tem de tudo, para todos os gostos.

Para alguns o encontro é uma grande feira de *outplacement*, boa ocasião para fazer contatos e entrevistas. Para outros, é puro turismo e diversão. Os neófitos costumam sofrer intoxicação científica: assuntos demais, tempo de menos. Para os veteranos, como este escriba, o efeito é inverso: seis dias para checar tendências, testar possibilidades de pesquisa e colher pérolas no imenso pântano de idéias.

Aos poucos o evento vai se internacionalizando: já existem associações afiliadas na Europa, na Ásia e até uma para países ibero-americanos. Entre os participantes contam-se mais de 50 nacionalidades. Depois dos Estados Unidos, as maiores "delegações" vêm do Canadá e do Reino Unido. China, Coréia e Brasil já enviam grupos numerosos e até mesmo Butão, Nigéria e Sri Lanka têm representantes.

A Academy é também uma grande caixa de ressonância: um ponto de encontro para os professores dos principais programas de doutorado e MBA do mundo e uma ocasião ímpar para detectar os humores da comunidade e checar sinais de mudança. Durante os anos noventa, a Academy parece ter vivido sob o estranho encanto da nova economia (sic). Embora o termo não fosse abertamente usado, não faltavam palestras e trabalhos sobre inovação, Internet e comércio eletrônico. Nos dois últimos anos, com o estouro da bolha e os escândalos financeiros, a cena foi roubada por certo mal-estar: ética, espiritualidade e certo esoterismo ganharam espaço. Em paralelo, uma crise não resolvida de relevância ("afinal, para que serve o que fazemos?").

Em Seattle, duas grandes palestras, de lotação esgotada, sinalizaram o humor atual da comunidade: a primeira com Jeffrey Pfeffer, a segunda com Henry Minztberg, dois notáveis acima de qualquer suspeita. Pfeffer gerou enorme polêmica em 2002 com um artigo no qual demonstrava a inutilidade da pesquisa acadêmica para a prática administrativa. Apresentou na Academy um libelo contra o domínio do discurso econômico sobre a vida social. Faria inveja a José Bové. Mintzberg, uma referência obrigatória em estratégia empresarial, emendou sua habitual diatribe contra os MBAs (segundo ele, os populares cursinhos formam atores, não gerentes) com um articulado discurso contra a desigualdade e o desequilíbrio no mundo. Terá certo gauchismo voltado à moda? Terá Porto Alegre chegado a Seattle? Aguardemos os próximos capítulos.

Lado "B"

Uma pesquisa sobre furtivos encontros amorosos, um livro sobre capital espiritual e uma sessão sobre bifes e machismo. Tudo isso, acreditem, pode ser ciência.

Sentado à frente do computador, mira-me da estante o volume "Cientistas do Brasil". Trata-se de uma bem cuidada edição comemorativa dos 50 anos da Sociedade Brasileira para o Progresso da Ciência, presenteada pelo amigo Heraldo. A capa, a lombada e a contracapa trazem fotos de Florestan Fernandes, Mario Schenberg, Paulo Freire, Gilberto Freyre e Milton Santos, entre outros ilustres. Cientistas são homens e mulheres abnegados que, por índole e escolha, debruçam-se sobre nossos mais importantes temas e dedicam inspiração e transpiração a desvendá-los. Encontros de cientistas são, por decorrência, momentos de celebração das boas causas e de intensiva troca intelectual. Ou, ao menos, deveriam ser.

Uma vez por ano, por dever de ofício, participa este escriba dos encontros de uma renomada sociedade científica norte-americana. Em 2004, foram mais de 5.000 acadêmicos, representando centenas de instituições de 55 países. Com seis dias de duração e quase 1.200 sessões de trabalho, o evento provê um bom retrato do estado da arte dos estudos sobre gestão de organizações no mundo.

O porte dá certo ar de supermercado ao encontro: há um pouco de tudo. Para muitos participantes, é a hora para circular o curriculum vitae; para outros, a chance de entabular projetos de pesquisa; para alguns, o momento de rever amigos e socializar: a oferta de recepções e festas é superior à capacidade de qualquer agenda.

Em termos de sandices e palermices, não chega nem perto de nossos "encontros com grandes gurus" ou congressos de RH, que um sarcástico colega certa vez caracterizou como mistura de culto da Igreja Universal com reunião de vendedores Amway. Porém, como qualquer megaevento, este também tem seu lado "B", um amálgama de curiosidades e excentricidades. Vejamos uma pequena coleção de pérolas acadêmicas.

Pelos salões da conferência, circula o convite para uma pesquisa conduzida por uma escola da Flórida. Objetivo: elucidar a questão das "relações românticas consensuais entre professores e estudantes". O endereço de um *website* e as instruções para acesso são informados aos voluntários. Tratamento totalmente confidencial é garantido.

Em um evento preliminar, dois professores texanos propõem um tema sensível: "Como ser bem-sucedido no ensino e na pesquisa, e ainda levar uma vida saudável". A sessão, notem os leitores, é programada para a manhã do domingo. Na segunda-feira, logo depois do almoço, chama a atenção uma sessão com o saboroso título: "Somos o que comemos: uma perspectiva crítica sobre o discurso da alimentação". No "cardápio", um estudo sobre o impacto de alimentos geneticamente modificados e um trabalho científico inédito: "Machões comem bife: força, virilidade e nacionalismo no discurso da indústria da carne". Sem comentários.

No pavilhão de exposições, dezenas de editoras dividem a atenção dos visitantes. Nas prateleiras, sisudos tratados de sociologia das organizações partilham espaço com a mais popular literatura de aeroporto. Uma editora americana anuncia o lançamento de "Capital espiritual". Argumento central: o capitalismo está em crise por causa das ações de um grupo inescrupuloso de indivíduos. Porém, o sistema pode ser salvo se um grupo com motivações superiores tomar a frente. Basta usar o conceito de "inteligência espiritual" para mudar valores e cultura, e assim realizar as reformas necessárias. Simples! Do outro lado do corredor, uma editora concorrente lança: "A empresa artística: gestão estética e marketing metafísico", provavelmente uma obra psicografada.

Na terça-feira, o dia de trabalhos fecha com a sessão "Você me acha bonitinha?". Em pauta, o jogo de sedução nos processos de recrutamento e seleção... na Internet. Qualquer semelhança com concurso de miss mundo pode ser mais que coincidência. Abrindo a noite, um colega do Novo México, inspirado pelo teatro de Augusto Boal, estréia sua performance: "Revertendo a macdonaldização: uma peça de humor grotesco". O comparecimento é maciço.

Para coroar o evento, uma das últimas sessões da quarta-feira anuncia: "Religiosidade no ambiente de trabalho: ópio ou otimização?" Um dos autores discute as limitações dos trabalhos de Karl Marx e Adam Smith (tudo em 32 páginas!) e explica como a espiritualidade pode ser um recurso estratégico para as organizações. Amém!

PARTE 6
ALÉM DO PALCO

Lógica encurralada

Abuso de clichês, fragmentos de idéias e soluços de significados estão transformando comunicação em um ritual estéril, insípido e incolor.

Domingo pela manhã, ouço meio anestesiado a programação da Rádio Cultura. Entre um Sibelius e outro, irrompe um daqueles intermináveis intervalos de falação. Um entrevistador, com ar de estudante deslumbrado, interroga uma professora de artes. O tema é sóbrio – a utilização da música na educação –, a causa é justa e o tom é sincero. Ouço que o ensino da música, além de estimular a coordenação motora e outras habilidades físicas, desenvolve o senso de disciplina e a capacidade de relacionamento. Até aqui, tudo bem.

Porém, o que me tira da letargia dominical é a sucessão de golpes desferidos pela ilustre doutora contra a língua e a lógica. Em menos de um minuto, materializa-se pela freqüência modulada um fenômeno de proporções e conseqüências ainda não avaliadas: um ataque hediondo contra as regras de bom senso da comunicação humana. A professora vai além da supressão de esses e erres, pandemia que faz vítimas por toda a Pindorama. Ela fala do "homem enquanto ser íntegro" e afirma que "a metodologia pensa a música". Mais petardos não disparam por falta de tempo. Tivesse a chance, provavelmente desfecharia um "pensar wagneriano" e quiçá uma saraivada de "a nível de diagnóstico".

Pasmado e desperto, avanço pelo segundo minuto de entrevista sem identificar uma só sentença com começo, meio e fim. Os fragmentos emergem aos borbotões, vêm ao mundo em estilhaços dissonantes, liberados em seqüência randômica por alguma força oculta. Enquanto o espetáculo da gagueira cerebral se desenrola e o sentido segue em fuga, entrevistado e entrevistador parecem muito satisfeitos com o "diálogo", como se ali tal coisa houvesse.

Um texto que circulou recentemente pela Internet comenta uma pesquisa inglesa, segundo a qual "não ipomtra em qaul odrem as lrteas de uma plravaa etãso", porque nosso cérebro é capaz de corrigir o sentido. A pesquisa pode ser falsa, mas o princípio é verdadeiro. Porém, será o princípio válido para a construção e reconstrução de sentidos? Alguém que inverte palavras e idéias talvez seja um gênio e um poeta, usando a língua para construir novos sentidos. Mas estes são raros. Mais provável é que se trate de apedeutas em diferentes estágios de estagnação mental, incapazes de se expressarem porque são incapazes de pensar, além de pequenos espasmos mentais.

O que o trauma dominical fez ver a este escriba é que, além da língua e da gramática, andamos também às turras com a lógica. Pindorama parece ter se transformado num grande botequim de subúrbio: as conversas e os diálogos substituídos por intervenções-clichês e idéias desconexas: um ritual bizarro de interação sem comunicação, de troca sem entendimento.

Será a catástrofe reflexo de nosso desapreço secular pela instrução? Quiçá seja obra do reinado da TV e de seu vocabulário de 27 palavras. Ou quem sabe seja efeito do massacre da Internet: o penico virtual. Não é descabido pensar que o bombardeio de informações, de imagens e de chavões esteja criando uma nova lógica de comunicação: uma comunicação intensa e barulhenta, mas pobre de forma e vazia de conteúdo. Navegando em um mar de símbolos, aqui e ali naufragamos pela falta de sentido. A comunicação segue transformando-se em ruído ambiental, *musak* de consultório de dentista. E nem sequer percebemos a catástrofe.

Também nas empresas a lógica está encurralada. Alguns pesquisadores, como David Boje, da Universidade do Novo México, propõem que as organizações são "tamaralands" (uma alusão à peça teatral *Tamara*, de John Krizanc, na qual as histórias acontecem em uma casa adaptada e diferentes grupos de espectadores acompanham diferentes seqüências, de acordo com o itinerário escolhido). Na superfície corporativa, mercadólogos adornam as marcas, executivos investem na própria imagem e relações públicas provêem o polimento. Enquanto isso, nos porões, freqüentemente se trabalha duro e o clima é de cinismo e frustração. Os universos paralelos talvez entrassem em choque se as histórias fossem claras e transparentes. Porém, graças aos tropeços comunicativos, tudo é envolvido por espessa neblina, algumas vozes sobressaem pelo volume (não pelo sentido) e outras são simplesmente suprimidas. O resultado é uma massa amorfa, uma peça com atores passivos, incapazes de expressar sentido e mudar o curso dos acontecimentos.

Invasões bárbaras

> Turistas, especuladores e patuscos diversos estão a transformar o mais belo trecho do litoral brasileiro em um arraial de tugúrios e moquiços.

Meia-noite: um canto tranqüilo de praia, céu limpo e estrelado depois da chuva vespertina. A brisa marinha sopra em ritmo de bossa-nova, as ondas quebram miúdas e os pequenos dormem, depois de um dia de castelos na areia. Nos poucos focos de luz, adultos sorvem Naipaul, McEwan e o último Montalbán. De súbito, a paz é violada. Ataque terrorista? Não, são os vizinhos de Barretos, que chegam movidos a cerveja, a hits caipiras e a euforia adolescente. Correm bons quartos de hora e a testosterona não dá tréguas: a trupe continua em transe frenético. À uma da manhã o ápice: duas longas seqüências de rojões. Crianças choram, cachorros ladram e adultos resmungam, impotentes diante da impunidade de nossos selvagens veranistas. Mais uma noite de verão em Juqueí.

Firmei pé pela primeira vez naquele outrora aprazível pedaço de São Sebastião nos tempos do General Ernesto. Apertados em uma "vibrante" Variant, atravessamos riachos, praias e morros. No Roadstar Led Zeppelin e Lou Reed; Carly Simon para as meninas. Àquela altura, quase ressaca do milagre econômico, o Guarujá ainda não era um balneário-favela e São Sebastião tinha o mais belo litoral do país: uma mistura insuperável de praias pequenas, areias imaculadas, mares de variados humores, muito verde e muita tranqüilidade. Ao mergulhar no Atlântico e ao tornar os olhos a terra, mirava-se um quadro edênico, de baixo para cima: azul, branco e o verde aveludado dos morros subindo para reencontrar o azul.

À primeira visita muitas outras seguiram. Nos hiatos, a paisagem a se transformar: um sobrado em uma ponta, um chalé na outra. Na época do General eqüestre, nosso pequeno paraíso passou por seu ponto de mutação: com o asfalto, chegou o fermento da distopia. Duas décadas depois, Juqueí não é diferente das vizinhas Barra do Una, Barra do Saí, Baleia, Maresias ou Paúba. Não é diferente do resto de nosso combalido litoral. Não é diferente do país. A orla foi vítima de hediondos crimes arquitetônicos. No centro, o concreto exposto de três casas inacabadas simula uma banguela a desafiar o Atlântico: "Feios, malvados e ilegais! E daí, vai encarar?" Por hora, a obra está embargada. Por hora. Pouco ao sul, um BNH *noveau riche*, simétrico e monótono, prepara o transeunte para uma "homenagem" a "E o vento levou", trezentos metros à frente.

Por trás da esdrúxula orla, desmatamentos, assentamentos precários e esgotos lançados nos riachos: a ocupação selvagem dos interiores a atestar nossa incapacidade para a vida civilizada. Casas e barracos surgem como acne em clarões abertos a serra e a machado. Áreas de proteção ambiental são invadidas e morros são loteados. Enquanto isso, do outro lado da curva de distribuição de renda, especuladores garantem aos interessados em vistas atlânticas: "Podem ficar tranqüilos, já compramos todo o mundo".

Nas areias, o circo de horrores faz crer em forças paranormais a agir pela procriação da espécie. Arranjos humanos inverossímeis desfilam inchaços e protuberâncias sob cabeleiras oxigenadas. Os "veranóides" adornam-se com trapos assimétricos, as cores em conflito, a parcela do corpanzil coberta sempre aquém dos mais óbvios valores estéticos. O andar é titubeante e até os mais jovens exibem curvaturas improváveis, como se a lei da gravidade lhes tivesse sido imputada em dobro. Aqui, nem beleza, nem dignidade, apenas exibicionismo e ausência de bom senso.

Nos fatídicos finais de semana, os invasores bárbaros tomam a areia com tendas, campos de futebol, jogos de frescobol e as ultrajantes mesinhas e cadeiras de plástico branco. À noite, mães em *vans* disputam com adolescentes em *pick-ups* a primazia de jogar poeira nos que arriscam caminhar entre valas, sacos de lixo e odores variados dos restos do dia. O destino comum são os shoppings e os restaurantes de qualidade duvidosa e preços europeus.

O modelo suicida é conhecido: a estrada traz operários, grileiros fazem a festa, terrenos são invadidos, fiscais são comprados e condomínios são erguidos. O futuro fica ao norte: de Caraguatatuba ao Rio de Janeiro, a orla é uma favela sem fim. Enquanto tugúrios sobem o morro, passeantes abastados rompem diferentes cinturões de miséria com barcos e helicópteros para atingir recantos ainda preservados. Juqueí ficou na lembrança. O idílico recanto dos anos setenta agora bem poderia ser chamado de... Brasil.

Pareto em Pindorama

Também no trabalho somos campeões da desigualdade: de distribuição, de intensidade e de eficiência.

Nova York, virada do milênio: um taxista de Bangladesh, curioso pela exótica língua falada no banco traseiro de seu carro, pergunta a este escriba qual é sua pátria. Contemplado com a resposta, metralha inocente: "Ah! Lugar maravilhoso, mas as pessoas não gostam de trabalhar, certo?" Meu estômago reage de imediato, antes do cérebro e da garganta. Começo, engasgo, retomo e empaco vencido. Tenho vontade de discordar, porém, lembro-me do ritmo quase criminoso de dezenas de secretárias e órgãos públicos cheios de zumbis a matar o tempo. Minha memória corre por médicos que não atendem, professores que não ensinam, estradas desamparadas e cidades abandonadas. Se há trabalho, onde estará sendo feito? Quase entabulo uma didática explicação sobre o risco de acreditar em estereótipos. Felizmente, percebo o ridículo e desisto do tom professoral. Na impossibilidade de dar uma boa resposta, sorrio sem graça e concordo contrariado.

A conversa no banco traseiro murcha enquanto sentimentos de culpa me assombram: agora eu também era responsável por fomentar a noção de que os brasileiros são todos vagabundos, de que não gostam de trabalhar, de que vivem a procurar uma sombra de coqueiro ou um barranco para encostar a carcaça. Em breve toda a comunidade bengali de Nova York falaria do fato. Talvez o comentário chegasse a Bangladesh; e eles são dezenas de milhões! Quiçá contagiasse a Índia e o Paquistão. Teríamos então um bilhão de pessoas pensando que somos incorrigíveis boas-vidas, a viver da brisa tropical enquanto o país naufraga. Uma tragédia!

Passados três anos, vem nos redimir esta amiga *québecquois*, em entrevista a este notável periódico. "Os brasileiros trabalham muito", declara Estelle Morin, do alto da posição de professora titular de uma instituição exemplar de um país rico e com os melhores índices de qualidade de vida do mundo. Estelle é uma visitante ilustre e simpática, nutre antigo amor por Pindorama, sua música e sua cultura. Porém, como cientista, não deixa que o coração turve sua mente. A pesquisadora veio duas vezes a São Paulo. Em ambas as ocasiões, ficou impressionada com o frenesi da cidade e o ritmo profissional de seus habitantes.

Mas será que o brasileiro realmente trabalha muito? Ou teremos aqui apenas uma questão de perspectiva? Uma boa hipótese para explicar o desencontro de percepções é que a distribuição de trabalho no Brasil é tão desigual quanto a distribuição de renda. Parece que seguimos, de forma "criativa", a conhecida "regra 80:20", inspirada no trabalho de Vilfredo Pareto (1848-1923). Ao estudar a distribuição de riqueza, o economista italiano constatou que 80% dela era controlada por uma consistente minoria da população: cerca de 20%. No maravilhoso mundo corporativo, a "regra 80:20", que às vezes se torna 90:10 ou 70:30, encontrou terreno fértil e uma interpretação específica: o sentido geral é que um número pequeno de fatores produz a maioria dos resultados.

Em Pindorama, em pleno século XXI, a regra parece valer tanto quanto na Itália do século XIX. E também parece referir-se ao trabalho: aqui, 20% (ou 10%) da população trabalha muito, e 80% (ou 90%) pouco faz, quando tem o que fazer. As diferenças são variadas – entre Estados, entre cidades, entre categorias profissionais e entre empresas – e os desequilíbrios são múltiplos – de distribuição, de intensidade e de eficiência.

Mas o que acontece com estes 20% que trabalham muito? Serão eles realmente produtivos? Eventualmente pergunto a gerentes e alunos de programas executivos como anda seu dia-a-dia profissional: a resposta vem em forma de desabafo, seguido por histórias de terror sobre jornadas diárias de 14 ou 16 horas, pressões imensas e prazos impraticáveis. Então, lanço uma segunda pergunta: e o que vocês têm realizado de importante e de interessante ultimamente? Segue notável, significativo silêncio.

Como em outras plagas, o ritmo do trabalho em Pindorama parece ter sido acelerado: na última década, os passos ficaram mais rápidos e os dias ficaram mais curtos. As privatizações, as reestruturações, as fusões e as aquisições, os enxugamentos, as terceirizações e os enxugamentos concentraram tarefas e responsabilidades nos "sobreviventes". Estes responderam com mais intensidade de trabalho e mais horas de trabalho: entram mais cedo, almoçam (quando almoçam) mais rápido e saem mais tarde. Porém, faltou-lhes, em grande medida, reinventar a forma de trabalhar.

Uma pequena empresa, ou uma unidade de negócios, pode atender o mesmo número de clientes e prestar os mesmos serviços com 50 funcionários ociosos, com 10 funcionários estressados ou com 10 funcionários trabalhando em um ritmo saudável. O que faz a diferença é principalmente a forma como o trabalho é organizado e os sistemas adotados, além da qualificação de profissionais; em outras palavras: gestão. Demos o primeiro passo, mas não demos o segundo: reduzimos os quadros, mas não repensamos o trabalho. Trabalhamos muito porque não nos dedicamos a trabalhar direito. Pagamos o preço da baixa produtividade: pagamos com salários minguados, com renda per capita magra e com qualidade de vida indigente.

O trabalho em Pindorama é malfeito e feito mal. É malfeito porque o resultado não atende à expectativa: a qualidade é comparativamente baixa, faltam tecnologia, design e sofisticação. É feito mal porque desperdiça recurso material, utiliza mão-de-obra desnecessária, é mal planejado e é mal controlado. Observem algumas rodovias de grande circulação: um órgão estadual finge que constrói, um órgão federal finge que conserva e nós fingimos que usamos uma estrada. Vejam algumas revistas semanais: os jornalistas fingem que reportam e os leitores fingem que lêem. Visite-se a universidade: os pesquisadores fingem que pesquisam e os educadores fingem que educam; para completar, os alunos fingem que aprendem. Claro, fingir tanto cansa e até causa estresse. É a chamada "fadiga do ator".

O comportamento "para inglês ver", antigo traço cultural local, de fato se expressa com notável freqüência no trabalho. Muitos profissionais são mestres no faz-de-conta: adotam um estilo apressado e ocupado, preenchem o dia com reuniões e viagens, circulam com celulares no ouvido, *palmtops* nos bolsos e computadores na sacola. Vivem de efeitos pirotécnicos. O fruto do trabalho é esquálido, mas a impressão é forte.

O taxista de Bangladesh está certo. Estelle Morin também está certa. Talvez o olhar estrangeiro nos ajude a aprender alguma coisa sobre nós mesmos.

A praga de Liverpool

> Obra de G. Orwell Jr. desvela um mundo sombrio: na origem da *débâcle* ocidental, a ascensão de quatro músicos da velha Albion.

O recente lançamento *Distopia*, de G. Orwell Jr., traz um curioso exercício de futurologia reversa. Na origem do romance repousa a questão: como seria o mundo em 2004 se um acidente de 1964 não houvesse ocorrido? Para responder a ela, o autor galês, radicado na plácida Monróvia, inspirou-se na Teoria do Caos: o bater de asas de uma borboleta amazônica que provoca um tornado no Texas. O ponto de partida é um fato real: em fevereiro de 1964, um vôo que trazia quatro jovens músicos a Nova York para apresentação em um show de variedades na TV (à época esta mídia ainda não havia sido banida) desapareceu no Atlântico.

Na trama de Orwell Jr., o vôo completa seu trajeto: os músicos chegam a Nova York e são ruidosamente recebidos por jovens ianques. À histeria das admiradoras, eles respondem com poses e bocas. Na TV, os rapazotes apresentam-se com cabelos cortados em forma de cabaça, terninhos andróginos e botas de bico fino. Diante de zooms e grandes angulares, sacodem a cabeça de forma sincopada e entremeiam as canções com "uuuuus" e interjeições guturais. A caricata performance causa furor entre adolescentes com hormônios em polvorosa e adultos com baixa atividade cerebral. Fenômeno da mídia popular, os púberes histriões catalisam fluxos variados de baixa cultura pela via da vacuidade musical. Deslumbrados, os escribas da época não escondem o arrebatamento: "uma ruptura de estilo, gostos e comportamentos", saúdam os tablóides.

A hábil pena de Orwell Jr. nos conduz pelas aventuras populistas do exótico quarteto tal qual espectadores de um mundo quimérico, no qual até mesmo a histeria coletiva conquista simpatia. O mau teatro entorpece o senso de realidade da nação em inacabada puberdade. Em certo momento, até mesmo próceres de ilibada reputação como Copland e Stokwiski vêm validar o "fenômeno musical". A maioria dos leitores sorverá esta primeira parte da obra com leveza e descontração: o retrato de um país fora dos trilhos, a viver a retração momentaneamente do bom senso. Porém, o leitor mais experimentado não deixará de pressentir o cataclismo que se aproxima. E a segunda parte os lançará todos da euforia à histeria: um pesadelo de quatro décadas.

A *débâcle* configura-se à medida que o sucesso dos britânicos se propaga pelas ondas da TV e encontra terreno fértil nas hordas primitivas das cidades e subúrbios. A primeira vítima é a própria música: o jazz é sepultado e a música erudita é exilada em guetos. A selvageria do novo ritmo domina corações e mentes, e desdobra-se em vertentes ainda mais ignóbeis. Mas o pior está por vir: com o tempo, a cultura vira comércio e os traços de civilização vão sendo pouco a pouco extintos. No final dos anos setenta, um francês denuncia o domínio do "espetáculo" sobre a realidade; dez anos depois, um italiano lhe faz eco: "Perdemos o fio da realidade, agora vivemos em um mundo de simulações e simulacros". Mas a aventura inconseqüente não tem volta e os resistentes agora pregam no deserto cultural de um mundo de mímicos, medíocres e hedonistas.

O *2004* de Orwell Jr. é um pesadelo povoado por falastrões. Celebridades de proveta dominam corporações e governos. A pátria de Jefferson elege um MBA e a terra dos Médicis, berço da cultura ocidental, elege um magnata de

TV. Ao sul do equador, os restos da civilização são obstinadamente dizimados: a mídia a codificar emoções e a estabelecer verdades sobre o fato e o belo. Nos lares, última instância da resistência, o silêncio é banido e a contemplação é condenada: 2004 é o inferno do barulho e do excesso.

Teria sido a borboleta de Orwell Jr. capaz de causar o declínio da civilização ocidental caso houvesse logrado escapar do oceano? Nunca saberemos. Entretanto, depois de ler *Distopia*, certamente o leitor sorverá com redobrado prazer os prazeres simples da vida urbana: o passeio a pé pelas ruas limpas e arborizadas, a admirar a estética harmoniosa de nossas bem cuidadas alamedas e praças. Quiçá prefira recuperar-se da leitura ouvindo boa música em uma de nossas inúmeras rádios especializadas em Wagner ou Bartók, ou então eleja uma obra menos apocalíptica em uma das boas livrarias que se multiplicam pelas esquinas da urbe. Agradecerá então o cidadão a má sorte dessa borboleta desaparecida. (Nota: esta é uma obra de ficção, porém baseada em deploráveis fatos reais.)

Ouro de tolo

Em um parque temático distante, humanóides inflados revogam a lei da gravidade e posam para uma usina de cartões-postais.

Cena de rua: em um decadente corredor paulista, cada dia mais parecido com Najaf, a choldra planta-se diante dos eletrodomésticos. A composição corporal é imprecisa e única, uma desarmonia capaz de fazer Picasso rever o cubismo e levar Portinari a retocar "Os retirantes". A cena é puro clichê: da calçada porcina, miram nas telinhas os movimentos mágicos de homens e mulheres de Atenas.

Do outro lado do mundo, a dois mares de distância, um parque temático soterra um país e destrói o desejo de navegar rumo ao berço da civilização. Aos 18 ou 20 anos, corpos minimamente tratados, preservados das pestilências e intempéries, são belos e exuberantes. Não é o caso. O que testemunhamos é uma safra que parece ter sido vítima de modificação genética: os bíceps estufados, as panturrilhas alargadas e os rostos clonados de quadrinhos de ficção científica.

O cenário é puro Spielberg em Las Vegas: kitsch de hospital, insípido e inodoro, porém, colorido. O espetáculo é plástico: pleno de peles, tecidos, grifes e berloques eletrônicos. As mídias saturam-nos com imagens de humanóides em posições inverossímeis, sob fundo de cartão-postal. Tal é a frivolidade que a legenda poderia bem ser transmitida em planilhas Excel. Aqui e acolá, para quebrar a frieza, inserem-se "dramas humanos": histórias edificantes de superação e perseverança, com roteiros inspirados em livros de auto-ajuda.

Os jogos em questão têm passado curioso. Daniel Mendelsohn, um professor de Princeton, lembra seu caráter original, na antigüidade: um festival religioso duro e brutal, no qual os competidores freqüentemente massacravam seus adversários sem nenhum sentimento de culpa. A morte e a busca da fama imortal estavam no centro do espírito olímpico.

A reinvenção do século XIX, por Pierre de Coubertin, é outra história. Interessado nos aspectos morais e educacionais do esporte, o barão reviveu-os com base em noções românticas de amizade, desinteresse e competição amadora entre cavalheiros. Nem todos parecem ter entendido. Em 1900, na França, o ganhador da maratona foi acusado de "pegar atalhos". Em 1904, nos Estados Unidos, "tribos selvagens" disputaram modalidades específicas, com resultados decepcionantes, que confirmavam, segundo a imprensa da época, sua inferioridade frente aos civilizados.

O espírito amador foi em várias ocasiões "reinterpretado". Na primeira metade do século XX, foi estilizado pela genial Leni Riefensthal para uma conhecida facção política germânica. Pouco adiante, foi apropriado pelas superpotências nucleares e transformado em propaganda, durante a Guerra Fria. Contemporaneamente, os jogos viraram trampolim para pequenos políticos de grandes cidades, que aspiram a verbas locais e à fama universal.

Com o tempo, a disputa entre nações cedeu espaço para a disputa entre grifes. Ouros olímpicos movimentam a bilionária indústria de materiais para os esportes, trazem a felicidade para os acionistas, enriquecem os mais eficientes humanóides e, eventualmente, acrescentam alguns dólares nos bolsos de operários malaios e vietnamitas.

Drogas são outra faceta pouco edificante do esporte hiperespecializado. No início eram o álcool, a efedrina, a estriquinina e a cocaína. Algumas jovens alemãs e um velocista canadense atualizaram a prática. Hoje, a linha divisória entre o lícito e o ilícito é tão reta e certa quanto a fronteira Brasil-Paraguai. O menino maravilha da vez, geneticamente quase um anfíbio, nada 365 dias por ano, 5 horas por dia. Esportistas de elite submetem-se a condições similares a partir do início da adolescência. Respiram e transpiram o esporte de escolha, sua ou de seu DNA. Seus horários, seu sono, sua alimentação e seus amigos são controlados. Para os escolhidos, o ouro transforma-se em dólares, muitos dólares. Para a maioria, a ilusão termina em contusão, frustração, obesidade e, com sorte, um trabalho de subsistência.

Basil L. Gildersleeve, um professor de grego e latim que presenciou as Olimpíadas de 1896, receava que o espírito original dos jogos, de oferenda aos deuses, fosse perdido em sua versão moderna. Voltou aliviado. Talvez ficasse chocado com os jogos atuais. Coubertin acreditava que a prática esportiva, com seus princípios, valores e ética, poderia fornecer uma base ética para a sociedade. Sua retórica foi preservada, já a prática... E, afinal, onde esconderam a Grécia?

Os estrangeiros

A fascinação com os de além-mar vem da colônia e conta-se em séculos. Na centenária atitude, luzes e sombras de nossa identidade.

Gilberto Freyre, em *Casa Grande & Senzala*: "O ambiente em que começou a vida brasileira foi de quase intoxicação sexual. O europeu saltava em terra escorregando em índia nua; os próprios padres da Companhia precisavam descer com cuidado, senão atolavam o pé em carne... As mulheres eram as primeiras a se entregarem aos brancos, as mais ardentes indo esfregar-se nas pernas desses que supunham deuses. Davam-se ao europeu por um pente ou por um caco de espelho".

Nos quinze centos não havia Brasil. Mas cá existiam terras, animais e gentios (um milhão deles, conta-se), e então... ancorou o estrangeiro. O novo personagem trouxe o atrevimento e as ferramentas. O povo da terra ofereceu a esposa, a mãe e a doméstica. O fruto foi o mameluco, que se definiu por exclusão: não era português e tampouco era índio; era o que os outros rejeitavam: o brasileiro (apud Darcy Ribeiro).

Nosso primeiro estrangeiro veio em busca de riqueza, não a riqueza que custa trabalho, mas aquela que custa ousadia (apud Sergio Buarque de Holanda). Nas matas tropicais misturou-se aos locais. As caravelas cabralinas aportaram a plasticidade social de um povo mestiço, afluente de hordas de fenótipos variados. Estrangeiro feito de estrangeiros, o colonizador partilhou o solo tomado com aventureiros de outros sangues e de outras bandeiras.

Passaram os séculos. Foi-se a madeira, vieram os escravos, foi-se o ouro, veio a corte, e vieram os cortesãos. O mundo girou, os lusitanos rodaram e a colônia trocou amiúde de estrangeiro: do português ao holandês, deste ao inglês e ao francês, e enfim ao americano, este sim estrangeiro autêntico, em qualquer latitude ou altitude.

Multiplicamo-nos à sombra do estrangeiro: a começar pelo pai português, a nos satisfazer e a nos castigar. Crescemos dependentes, a desejar a mão segura a nos alimentar e a nos guiar, nostálgicos de líderes que nunca tivemos. Passados três séculos da independência, o governo ainda é corte, à qual cabe decidir sobre o presente e o futuro.

Nossos primeiros estrangeiros foram exigentes, autoritários e violentos. Os trópicos parecem tê-los amaciado, ou talvez com o tempo tenhamos aprendido a agradá-los. Na troca de milênios, andam meigos e simpáticos, oferecendo um pouco mais que cacos de espelho. Agora nos ofertam capitais, idéias e conselhos.

Dos estrangeiros também ganhamos imagens e sentidos. Aos trancos e barrancos, adicionando olhares, símbolos e interpretações, construímos alma e identidade, embora talvez ainda frouxas e fugazes, porque jovens e dependentes da visão alienígena. Os estrangeiros ainda nos induziram e nos obrigaram à modernidade: nas ferrovias e na eletricidade, na sociologia e na pintura, na música e no cinema. Para dar conta de tanta assimilação, reinventamos a antropofagia: um método eficaz, embora exótico, para devorar os forasteiros.

Em alguns rincões, o estrangeiro é o outro ameaçador, de hábitos bizarros, a quem devotamos constrangida desconfiança. Aqui, o estrangeiro é ser superior, prova irrefutável do abismo entre o selvagem e o civilizado, o bruto e o sofisticado. Mas nosso estrangeiro é também baliza de ascensão, etérea entidade a quem devemos seduzir e mostrar valor. Nosso estrangeiro é o francês, o italiano, o inglês, o alemão e o americano. Colombianos, bolivianos e paraguaios? Não, estes não podem ser estrangeiros, porque são apenas... vizinhos.

Depois do primeiro Fernando, abrimos nossos corações, mentes e carteiras para *jet-skis* canadenses, brinquedos chineses, *vans* coreanas, reengenharias americanas e softwares alemães. Milhões de dólares e quinquilharias somaram um feito admirável: criamos o estrangeiro local, um mameluco consumista e ascendente, cópia de um original imaginário.

Tanta estripulia tinha de gerar efeitos colaterais. Aos quinhentos anos, estremecem na púbere nação os breves vestígios de civilização: universidades transformam-se em sindicados, pensadores transmutam-se em jornalistas; jornalistas tornam-se relações públicas; cineastas viram publicitários e publicitários, bem, estes continuam publicitários (o espírito da época).

Faltam-nos a direção e a luz? Voltamo-nos ao oráculo de sempre: o sábio estrangeiro. Porém, em um mundo de fronteiras diluídas e voláteis, desterros, imigrações e fluxos instantâneos de informação, existe ainda o estrangeiro? Ou somos todos estrangeiros?

Naufrágio exemplar

> Desaparecida em 1628, uma nau sueca voltou à tona em 1961 para ser transformada em museu e fábula.

Por duas vezes, em anos recentes, venci a distância transatlântica para chegar a Estocolmo. Aparvalhado como qualquer turista dos tristes trópicos, porém, posando de cientista, deslumbrei-me com o cenário, com as bicicletas e com a hospitalidade. Antes dessas visitas, imaginava a Suécia nos tons e sombras de "Persona". Encontrei-a não menos bela, porém, com as cores e as luzes de "Fanny e Alexander". Fui conduzido, em ambas as ocasiões, a endereços obrigatórios da cidade: o City Hall e o Museu Vasa. O primeiro, célebre pela entrega do prêmio Nobel, induz-nos a pensar em grandes feitos e nobres causas. O segundo, majestoso e sombrio, faz-nos recordar as modestas fronteiras do conhecimento e nos estimula à humildade. Sua história é exemplar.

No primeiro quartil do século XVII, a Suécia estava em guerra com a Polônia. Cônscio de que a superioridade nos mares era vital a seus interesses, o ambicioso rei Gustavo Adolfo mandou construir poderosas máquinas de guerra. Entre elas estava o Vasa, batizado com o nome da dinastia reinante. Quatrocentos artesãos trabalharam no navio. O portento media 52 metros da cabeça do mastro até a quilha e 69 metros de popa a proa. O peso total era cerca de 1.200 toneladas. Seu ventre carregava 64 canhões.

A nau foi lançada ao mar em 10 de agosto de 1628. Uma salva de tiros de canhões marcou sua partida. Ao chegar à entrada do porto, uma modesta rajada fez movimentar as velas. O Vasa inclinou-se ameaçadoramente, mas voltou a endireitar-se. Então, veio uma segunda rajada e nova inclinação. Dessa vez, a água entrou pelas portinholas dos canhões e invadiu o navio, levando-o ao fundo do mar. A tragédia ceifou a vida de quase um terço dos 150 tripulantes e chocou a população.

A razão da catástrofe é ainda hoje objeto de discussão. Consta que, à época, os habitantes da cidade relacionaram a catástrofe às pragas rogadas pelos inimigos poloneses. Hipóteses mais científicas também foram consideradas. Para alguns analistas, a falta de equilíbrio teria sido fruto do próprio projeto e das dimensões do barco. Registros mostram que o teste de estabilidade – que consistia em fazer com que toda a tripulação corresse alternadamente para um lado e para o outro da embarcação – revelou problemas, mas, inexplicavelmente, não impediu a seqüência do lançamento. Outros observadores argumentam que o barco não carregava lastro adequado: as pedras mantidas em seu fundo não teriam sido suficientes para contrapor a oscilação causada pelo vento. Da sanha analítica não escapou sequer o capitão, acusado de imperícia por ter se lançado ao mar com as portinholas dos canhões abertas. Finalmente, há a hipótese de que o segundo andar de armas, construído sob ordens diretas do rei, teria sido o grande vilão do naufrágio. Feito para acomodar um número de canhões maior que o usual, o duplo convés foi introduzido como modificação ao projeto original, o que teria inutilizado os cálculos iniciais de estabilidade. Uma grande investigação foi realizada por ordem do rei, porém, ao final ninguém foi condenado.

Perdido no fundo do mar por mais de 300 anos, o Vasa foi redescoberto em 1956 por um investigador independente, Anders Franzén. Sua recuperação é uma saga em si. Escafandristas revezaram-se em turnos, a cavar túneis por debaixo do navio, de forma a introduzir cabos capazes de içar o gigante. Em 1961, uma plataforma ladeada por barcos trouxe-o finalmente à tona. Além do casco, foram recuperados mais de 14.000 objetos de madeira, incluindo 700 esculturas, 25 esqueletos dos membros da tripulação e equipamentos, como as velas que não chegaram a ser usadas. O museu que abriga a nau foi inaugurado em 1990 e é hoje um dos mais visitados da região.

Desastres como o ocorrido com o majestoso Vasa ainda acontecem com freqüência: sempre que a necessidade junta forças com a ambição e tenta avançar, a fórceps, as fronteiras, o risco de naufrágio aumenta. Até mesmo a prosaica vida corporativa tem a aprender com a tragédia: metas impossíveis, decisões impensadas, projetos mal realizados e riscos mal geridos constituem receita certa para grandes prejuízos. Porém, como observou o colega Per-Olof Berg, presidente da Stockholm School of Entrepreneurship, durante um jantar no museu, o Vasa pode também ser visto como a demonstração de que mesmo um grande fracasso pode ser transformado em um grande sucesso.

Bach e Muzzarela

A singular trajetória de um brilhante violoncelista, das grandes salas de concerto ao circuito dos night clubs e pizzarias.

Criado nos barulhentos anos setenta, o CBGB é um dos nortes musicais de Manhattan. Quem em algum momento da adolescência caiu vítima de certos ritmos primitivos, certamente sonhou com o tablado da rua Bowery e os shows de John Cale, Talking Heads, Elvis Costello, Patti Smith e Nico. Mas a 15 de maio quem ocupou a ribalta foi Matt Haimovitz, um músico de formação clássica. Não foi a primeira vez que o ex-prodígio ocupou um palco inusitado. Depois que abandonou o *jet set* internacional da música erudita, o violoncelista vem apresentando-se em *night clubs* e pizzarias. Guardadas as proporções, é como se Nelson Freire ou Antonio Menezes passassem a se apresentar na rede Porcão.

Haimovitz iniciou seus estudos de violoncelo aos 7 anos. Com 10, caiu nas graças de Itzak Perlman, que o ouviu em uma *master class*. Com 11, foi enviado por Perlman à Juilliard School. Aos 13, substituiu seu lendário mestre Leonard Rose no Carnegie Hall, em um quinteto com Isaac Stern, Schlomo Mintz, Pinchas Zukerman e Mstislav Rostropovich. Com 17, assinou um contrato exclusivo com a Deutsche Grammophon. Aos 18, tinha uma carreira dos sonhos, apresentando-se com os mais importantes maestros e orquestras do mundo.

Porém, aos 19, a velocidade da subida provou ter sido excessiva. O sentimento de alienação cresceu, e a espontaneidade e o prazer das performances ao vivo pareciam ter sido perdidos. Depois de gravar a obra de Dvorak com James Levine e a Filarmônica de Berlim, Haimovitz vetou o projeto, causando enorme prejuízo à gravadora. A decisão foi o início de um caminho sem retorno, que o retirou do circuito internacional e o levou a se aproximar de compositores contemporâneos e do "circuito alternativo".

Jeremy Eichler, escrevendo no *New York Times*, narra uma apresentação de Haimovitz no Soulshine Pizza, no Mississipi, para uma platéia de 25 pessoas. Quando o músico já guardava seu violoncelo, duas senhoras chegaram atrasadas e pediram compungidas por um número curto. Haimovitz então se sentou ao lado de uma mesa cheia de latas de cerveja vazias. Meia dúzia de remanescentes se colocaram a sua volta. O músico fechou os olhos e iniciou o prelúdio da primeira suíte para violoncelo de Bach. Não parou no primeiro movimento. Seguiram-se 20 minutos de transcendência musical, aquela indescritível sensação de elevação, que somente a mais profunda conexão humana pode proporcionar, o sentimento de emancipação que justifica a arte.

O violoncelista de origem israelense não foi o primeiro músico de talento a desassociar-se do *establishment* e perseguir rota própria. Mozart, no século XVIII, abandonou a segurança (e subserviência) da vida na corte para tentar a sorte como músico autônomo. Por uma década, provou as alegrias e os dissabores de ser dono do próprio destino.

Haimovitz, como milhares de outros indivíduos, nas mais diversas ocupações, são apenas as vítimas mais sensíveis, e corajosas, do fenômeno da hiperinstitucionalização. A música, o cinema, o teatro, os museus e outras atividades culturais tornaram-se, no século XX, grandes indústrias. O crescimento dos sistemas organizacionais que lhes dão suporte e a lógica de mercado democratizaram o acesso às manifestações culturais, mas também transformaram as atividades culturais em grandes máquinas, consumindo no processo a vitalidade e a humanidade dos artefatos gerados.

As estruturas hiperinstitucionalizadas são severas e exigentes, sejam orquestras ou empresas multinacionais. Povoam suas periferias com milhares de postulantes, capazes de vender a alma por um posto no ápice da pirâmide. Mas no alto falta oxigênio, os jogos de poder são duros e a sobrevivência incerta. Os jogadores mantêm-se pelo medo da queda e pelo conforto das recompensas materiais.

A fuga de Haimovitz faz eco: quem não gostaria de abandonar a mediocridade e a mesmice da vida corporativa se tivesse uma chance? Aos 20 anos é fácil mudar de rumo. Aos 25, as mudanças costumam levar a Katmandu. Aos 30, o preço a pagar fica mais alto. Aos 40, o conformismo costuma obliterar alternativas. Entre o romantismo e o conformismo, com holerites a coletar e contas a pagar, o barco segue rumo ao vazio. Controlar a própria vida pode ser um grande incômodo para a maioria de nós. Para outros, como Haimovitz, é muito simples: é pôr o pé na estrada, pegar o violoncelo e começar a tocar.

Editoração, sistema CTcP, impressão e acabamento
GRÁFICA E EDITORA SANTUÁRIO
Rua Pe. Claro Monteiro, 342
Fone 012 3104-2000 / Fax 012 3104-2036
12570-000 Aparecida-SP